생겨요,
어느 날

생겨요, 어느 날

1판 1쇄 발행 2014. 11. 21.
1판 5쇄 발행 2016. 3. 11.

지은이 이윤용

발행인 김강유
편집 조혜영 | 디자인 지은혜
발행처 김영사
등록 1979년 5월 17일 (제406-2003-036호)
주소 경기도 파주시 문발로 197(문발동) 우편번호 10881
전화 마케팅부 031)955-3100, 편집부 031)955-3250 | 팩스 031)955-3111

값은 뒤표지에 있습니다.
ISBN 978-89-349-6943-3 03810

독자 의견 전화 031)955-3200
홈페이지 www.gimmyoung.com   카페 cafe.naver.com/gimmyoung
페이스북 facebook.com/gybooks   이메일 bestbook@gimmyoung.com

좋은 독자가 좋은 책을 만듭니다.
김영사는 독자 여러분의 의견에 항상 귀 기울이고 있습니다.

이 도서의 국립중앙도서관 출판시도서목록(CIP)은 서지정보유통지원시스템 홈페이지
(http://seoji.nl.go.kr)와 국가자료공동목록시스템(http://www.nl.go.kr/kolisnet)에서
이용하실 수 있습니다.(CIP제어번호 : CIP2014031661)

생겨요, 어느 날

사랑도, 일도, 행복도

이윤용 지음

김영사

20대의 어느 햇살 좋던 날,
버스 창가 너머로
유모차를 끄는 여자와 아이를 목마 태운 남자를 본 적이 있다.
나도 서른 즈음엔 저런 4인 가구로 살고 있겠지?
라고 생각했지만,
나는 지금 1인 가구로 살고 있다.

30대 땐,
마흔 살쯤엔 다들 내 집 마련해서 차 굴리고 사는 거 아냐?
그리고 다들 안정된 직장에서 부장쯤 되어서
따박따박 월급 받으며 사는 거겠지?
라고 생각했지만,
나는 지금 전세 살고 있고
일이 있다가도 없고 없다가도 있는 프리랜서다.

내 의도와 상관없이 제멋대로 흘러가는 삶.
그 안에서 불안해하기도 하고 상처도 많이 받았었다.
그리고 그 불안과 상처가 쌓인 끝에 깨달은 것은,
삶은 늘 변한다는 사실이었다.

1인 가구로 혼자 살던 내가
언젠가 4인 가구를 만들 수 있듯이(운이 좋으면),
4인 가구였던 누군가가 어느 날 혼자 살게 될지(악담은 아닙니다만)
그건 아무도 모르는 일 아닌가?

따라서 이 책은,
혼자 살아서 좋다는 자랑질도 아니고
외롭다는 투정도 아니며
마음을 다스려 행복하소서, 하는 자기계발서는 더더욱 아니다.

다만,
지금 하는 사랑이 마지막이면 어쩌나 놓지 못하는 그대에게,
그때 놓친 기회가 끝이었음 어쩌나 자책하는 그대에게,
조금 살아보니 그냥저냥 다 괜찮더라고,
끝난 사랑이 신기하게 언젠가 새로 시작되기도 하고
지나쳐간 기회가 언젠가 비슷하게 다시 돌아오기도 하더라고,
이렇게 철없고 어수룩한 사람도 홀로 잘 살아가고 있다고,
그리고 그것은,
삶이 언제든 어떤 식으로든 변할 수 있기 때문이라고
그렇게 작은 위로를 전하고 싶다.

언젠가,
내 삶은 계속 어떤 식으로든 달라지고 있으니까
나 지금 그런대로 괜찮은 거지…?
라고 물었더니,
나보다 10년쯤 더 오래 산 선배가 대답했다.
"야, 달라지지 않으면 또 어떠냐.
그냥 이대로 사는 것도 괜찮은 거야."

그래?
그렇다면 삶은,
이래도 저래도 다 괜찮은 건가 보다.

2014년 11월
이윤용

Contents

PART 1

어때요,
혼자

혼자여도 괜찮아, 라는 말이 간절히 듣고 싶었던 때
그래도 둘이 살아야지, 라고 많은 사람들이 말했었다.
그런데 말이야, 살다 보니 혼자女도 꽤 괜찮더라고.

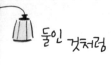 둘인 것처럼

방송이 끝난 후 회의가 있어 집에 늦게 들어왔을 때였다.
해놓은 밥은 없는데 밥 하기는 싫고,
맥주 한 모금 마시고 싶은데
사놓았던 맥주마저 다 떨어졌다.

원래 집에 들어오면 절대 나가지 않는 사람이지만
화장 지우지 않은 김에 사러 나가자 싶어,
맨발에 슬리퍼를 신고 (한겨울이었는데 말이다!)
집 앞 편의점으로 갔다.
편의점 유리창에 비친 내 모습,
정말 그지가 따로 없구나.
몰골도 이 모양인데 밤에 혼자 컵라면 먹는 여자라니,
얼마나 초라해 보일까.

자연스럽게 컵라면 두 개를 집어들었다.
마치 같이 먹을 누군가가 있는 것처럼.
그리고 캔맥주 역시 두 개를 집어들었다.
마치 함께 마실 누군가가 있는 것처럼.

그렇게 컵라면 두 개, 캔맥주도 두 개 사서
집으로 와 생각해보니…
어쩐지 이렇게 둘인 척 연기하는 게 좀 우스웠다.

역시나 혼자 살고 있는 친구 A에게 카톡을 했다.

"둘이 먹는 척하려고 컵라면 두 개 샀어."

그러자 A의 답톡.

"나는 쟁반자장 혼자 시켜먹고
빈 그릇에 젓가락 네 개 꽂아서 내놨어.
마치 둘이 먹은 것처럼."

그날 우리는 카톡에 ㅋㅋㅋㅋ를 백 개쯤 찍었다.

혼자 맥주를 마시는 것이,
혼자 자장면을 먹는 것이,
혼자 우두커니 앉아 있는 것이
초라해 보이지 않는 세상이 빨리 왔으면 좋겠다.

더 나아가
"어머, 쟤네는 둘이 다니네? 웬일이니!"
이렇게 커플임이 부끄러워지는 세상이 오면 더 좋고. ^^

나만의 조리법

따끈따끈 고슬고슬 밥을 지어
냉동실에 얼린다.
추석 때 큰집에서 바리바리 싸온 떡과 전을
냉동실에 얼린다.
물 좋아 보이는 조기 몇 마리를 사서
냉동실에 얼린다.
가평휴게소에 들러 먹다가 남긴 잣호두과자를
냉동실에 얼린다.
유명하다는 카페에서 원두를 갈아와서
냉동실에 얼린다.
더불어 미숫가루도
냉동실에 얼린다.

그 후 한 상 근사하게 차려먹고 싶을 때,

냉동실에 얼렸던 밥을
전자레인지에 녹인다.
추석 때 얼렸던 떡과 전을
전자레인지에 녹인다.

얼렸던 조기를 레인지메이트에 담아
전자레인지에 돌린다.

후식으로,
얼려둔 잣호두과자를 상온에 꺼내 녹이고
생일날 받았다가 비닐팩에 넣어 얼려둔 케이크도
함께 녹인다.

언니가 우리 집에 왔다가 이 꼬락서니를 보고
비명을 지르듯 소리쳤다.

"이게 아직도 있어?!!!! 당장 버려!!!!!"

누군가 말했다.
"자취생들은 냉장실보다 냉동실이 더 큰 냉장고를 사야 해."
200% 동감이다.
이제 1인 가구 시대가 도래했으니,
냉장고 관련 업체에서는 참고해주기 바란다.

혼자 손 따는 여자

후배 작가들과 밥을 먹는데
후배 A가 말했다.

"(경상도 사투리로) 제가요, 어제요, 체했단 말예요.
그래서 혼자 손을 따고 난리도 아니었어요."

혼자서도 손을 딸 수 있냐고 물으니까,
가능하단다.

"(경상도 사투리로) 이렇게 엄지손가락에다가요,
고무줄을 칭칭 묶어서요, 바늘로 콕 찌르면 돼요."

상상해봤다.
혼자 밥 먹다 체한 여자가,
자기 팔을 쓱쓱 쓸어내린 후 엄지손가락에 고무줄을 칭칭 감고
혼자 바늘로 훅 찌른다.
엄지손가락에서는 검은 피가 솟아나고,
여자는 또 혼자서
휴지로 피를 닦아내며 트림한다.

아, 청승. 이런 청승이 없다.
역시 말년에라도, 체하면 손 따줄 남자 하나쯤은 마련해서
같이 살아야 하는 건가, 라고 생각할 무렵
옆에 있던 또 다른 후배 B가 말했다.

B (경상도 사투리로) 야, 혼자 손 따지 마라!
A (경상도 사투리로) 그럼 혼자 사는데 어떻게 해요?

빨리 남자친구를 만들거나,
체하면 자기를 부르라고 할 줄 알았다.
그런데 B의 한마디.

"(경상도 사투리로) 약 먹어라.
대한민국에 소화제가 얼마나 잘 나오는데!"

그래, 소화제만 잘 준비해두면
까짓것 혼자 있을 때 체해도 두렵지 않다.
진료는 의사에게, 약은 약사에게,
체하면 소화제에게.

어 혼
때 자
요.

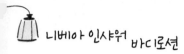
니베아 인샤워 바디로션

혼자 살아서 좋은 점 중 하나는
샤워 후 그냥 나와도 된다는 거다.
부모님과 같이 살 때는
아무리 가족이지만 그래도 대충은 갖춰 입고 나왔는데,
혼자 살고부터는 벌거벗은 채로 나온다.

맨몸으로 나와 가장 먼저 하는 일은 바디로션을 바르는 건데,
어느 날 쇼핑을 하다가 우연히
'니베아 인샤워 바디로션'이란 걸 발견했다.
사용설명서를 대충 읽어보니,
물기를 닦지 않은 상태에서 그냥 바르면 된단다.
아, 그래서 이름이 '인샤워' 바디로션이구나. 좋은 세상이로세.

그날 샤워 후, 물기가 있는 상태에서 인샤워 바디로션을 발랐다.
그런데, 어라, 이거 별론데?
끈적거리는 것이 흡수가 잘 안 되는 것 같네.

그렇게 거의 반통을 다 써가던 어느 날,
우연히 사용법을 다시 읽게 됐는데, 이게 웬일!

세 번째 줄에 이런 문장이 있었다.

즉시 물로 깨끗이 헹궈주세요.

헹구는 거였다, 헹구는 거였어, 심지어 깨끗이 헹구라잖아!
250ml 중 거의 100ml를 썼는데,
그동안 헹구지 않았다.
어쩐지 등에 여드름이 나는가 싶더라니….

언제부터였을까, 대충 읽는 버릇이 생겼다.
신문에서부터 사용설명서까지도 말이다.
그리고 사람은 또 얼마나 대충 보고 살았을까.
소개팅에서 한 번 보고 별로라고 단정지어버린 많은 남자들.
어쩌면 그들을 대충 읽은 대가로
지금 혼자인 건지도 모르겠다.

어때요, 혼자

가구 살 때 주의사항

"언니, 집 구했어요~"

28세 싱글 여성인 후배가
신난 표정으로 뛰어와 말했다.

태어나 처음 독립하게 된 그녀는
원하는 위치에, 원하는 창문이 있는 오피스텔을
보증금 500만원에 월 45만원 조건으로 구했단다.

월세가 부담스럽긴 하지만
그래도 첫 독립이기에 마음이 들뜬 후배.
요즘 집 꾸미기와 가구 사는 재미에 푹 빠진 그녀에게
독립 7년차 32세 싱글 여성이 말했다.

7년차 경상도녀 야, 가구는 좋은 거 사라. 괜히 싼 거 사지 말고.
니가 예상한 것보다 훨씬 더 오래 혼자 살게 될 기다.
나 맞아. 나도 1년만 혼자 살고 곧 결혼할 줄 알았는데
여태 그냥 쭉 혼자 살잖아.

7년차 경상도녀 이리 오래 혼자 살 줄 알았으면 좋은 책상 사는 긴데.
그때 싸구려 샀더니 지금은 다 갈라지고 몬 쓴다~
나 그리고 소파베드, 그거 사지 마. 가운데가 접혀서
침대로 오래 쓰기엔 허리 아파. 그럴 바엔 제대로 된 침대 사.
7년차 경상도녀 옷장도 비키니 옷장 말고 나무 옷장 사라.

25

그래, 그랬던 때가 있었다.
갓 독립하던 때,
'여기서 1년만 살다가 (당시 오피스텔 계약은 기본 1년이었음)
곧 결혼할 거니까,
가구는 그때 다 새로 사고 지금은 그냥 싼 거 사자.'
그렇게 생각했었다.
그래서 소파베드, 야외 간이용 의자, 탁자 세트, 촉감 별로인
싼 침대보, 일회용 접시, 머그잔 한 개 등등을 샀는데…

혼자
때요,
어

1년은 개뿔.
지금 5년째 혼자 살고 있다.
애초에 좀 제대로 된 걸 샀으면 지금까지도 괜찮았을 텐데.
부서지고, 삐걱거리고, 흐트러지고,
모두 새로 사야 할 판이다.

근데 우스운 건,
그냥 다 새로 살까 하다가도 또 이런 생각이 드는 거다.
'혹시, 나 내년쯤 결혼하게 되지 않을까?
그럼 혼수로 어차피 사야 되는데, 그냥 싼 거 사?'
그러다가 이내 고개를 젓는다.
한 번 속지, 두 번 속나.

'혹시 내년에 결혼하지 않을까?'
스스로에게 치는 사기. 이젠 안 속는다!

어때요,
혼자

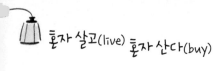

혼자 살고(live) 혼자 산다(buy)

혼자 살아서 가장 좋은 점이 뭐냐고 물으신다면
주저 없이
쇼핑, 이라고 대답할 것이다.

부모님과 함께 살 때는,
옷을 사면 일단 차 트렁크에 실어두고
마치 아무 일도 없었다는 듯
집에 들어갔었다.

그리고 다음날, 트렁크에서 쇼핑백 하나를 꺼내들고
(두 개 샀다고 두 개 다 꺼내면 안 된다. 반드시 하나만.)
유유히 집으로 들어간다.

그러면 엄마가 물으신다.

엄마 그거 뭐냐? 또 샀어?
나 아, 아냐. 선배언니가 줬어. 샀는데 안 맞는다고 나 입으래.

28

이런 방식으로
2, 3일 간격으로 트렁크에서 옷을 꺼내 들고 온다.
(그래서 우리 엄마는 지금도 그 선배언니를,
옷 잘 주는 날개 없는 천사로 알고 계신다.)

그러나 부피가 큰, 이를테면 코트 같은 옷은
굉장히 신중해야 한다.
누가 줬다고 해도 안 믿기 때문이다.
그럴 땐, 늦게, 엄마가 주무시는 틈을 이용해야 한다.
물론 다음날 새 코트를 입고 나가는 나를 보고
엄마는 이렇게 말씀하신다.

엄마 그거 못 보던 건데, 또 샀나?

이럴 땐 당황하지 말고 오히려 화를 내준다.

나 무슨 소리야! 작년에 입었던 건데.
내가 맨날 코트만 사는 사람인 줄 알아? 먹고 죽을 돈도 없구만!
(여기서 현관문 쾅 닫고 나가는 건 옵션!)

이렇게 거짓말을 밥 먹듯 하던 내가
혼자 살고부터는 당당하게 쇼핑백을 들고 현관문을 연다.

또 샀냐고 뭐라 할 사람도 없고
왜 샀냐고 나무랄 사람도 없다.

혼자
어
때
요,

다만, 이런 건 있다.

옷장에 옷들이 미어터지다 보니 걸어둘 데가 없어
내가 미쳤지, 후회하는 거.

그렇다고 쇼핑을 자제하느냐?
천만의 말씀.
대신, 옷장을 샀다.
그렇게 임시로 들여놓은 갈색 비키니 옷장!
근데 이것도 곧 만차, 아니 滿옷 될 듯하다. ㅜㅜ

혼자 살고 있는 후배 역시 비슷한 걱정을 하고 있었다.
원룸 베란다를 옷장 삼아 행거로 도배를 했는데도 옷을 둘 데가 없어
상자에 겹겹이 쌓아두었다는 것이다.
상자에 넣어두니 찾을 수가 없어, 비슷한 옷을 사고 또 사고.
언제 한번, 옷장 터지는 싱글 여성들끼리 모여
바자회라도 열어야겠다.

김치와 곰팡이

김치에 곰팡이가 폈다.
연근 조림에도 곰팡이가 폈다.
베란다에 내놓은 귤에도 곰팡이가 폈다.
뭐, 곰팡이 그까이꺼,
혼자 살면서 다들 한 번씩은 피워보고 그러는 거 아닌가?

그런데 그중에서도 김치에 핀 곰팡이는
언제 발견하느냐가 참 중요하다.
뚜껑을 열자마자 발견했다면 괜찮은데
이미 하나 집어먹고 발견했다면 찜찜하고
거의 다 먹고 나서 발견했다면, 토하고 싶다.

김치에 곰팡이가 피지 않게 하려면
자주 뒤적거려줘야 한다고 언니가 얘기해준 적이 있다.
김칫국물이 건더기에 골고루 적셔지도록
자작자작 뒤적거려줘야 하는 거다.

잠이 오지 않던 어느 날 밤,
휴대폰을 만지작거리며 연락처를 훑어본다.
흠, 한 달에 한 번도 연락을 안 하고 있는 사람이
250명쯤 되는군.

내일은 그들 중 몇몇에게 안부문자를 남겨야겠다.
곰팡이 예방을 위해,
김치를 뒤적거리듯, 그렇게 자작자작.

제자리

아침에 일어나자마자 가장 먼저 하는 일은

간밤에 설거지하고 건조대에 건져두었던
그릇들을 선반 위로 올리고,
빨아서 욕실에 걸어놓았던 스타킹을 양말서랍에 넣고,
씻어뒀던 갈바닉 헤드를 화장대에 놓는 것이다.

그렇게 모두에게 제자리를 찾아준 후
커피 한 잔을 내린다.

그리고,
오늘도 내 자리에서
최선을 다할 수 있도록 도와달라는 기도 한 소절.

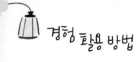

경험 활용 방법

전세금이 하늘로 치솟는 요즘,
내가 사는 원룸도 계약 만기 날짜가 임박해오고 있었다.
이거 주인아저씨한테 전화해서
전세금을 얼마나 올리실 건지 물어봐야 하는 건가 싶다가도
조용히 넘어갈 것을 괜히 긁어 부스럼 만드는 거 아닌가 싶어
망설이고 있을 그즈음,
마치 짜고 치는 고스톱처럼 샤워기 수도꼭지가 고장났다.

어쩔 수 없이 주인아저씨한테 전화를 해야 하는 상황.

직접 수리하러 오신 주인아저씨께
커피 한 잔을 내드리며 넌지시 물었다.

"저, 집 만기가 다가오는데
혹시 앞으로 달리 계획이 있으신지…."

여기서 아저씨가,
전세를 월세로 돌리겠다거나
전세금을 몇천 올리겠다고 하면,

나는 이사를 가는 수밖에 도리가 없다.
마침내 돌아온 주인아저씨의 대답.

"계획 없는데요. 그냥 살고 싶을 때까지 사세요."

그리고 계속 이어지는 아저씨의 임대업 마인드.

"임대업 시작할 때 결심한 게 세 가지가 있어요.
첫째, 본인이 나가겠다면 몰라도 내쫓지 않는다.
둘째, 계약할 때 정한 금액에서 올리지 않는다.
셋째, 고쳐달라는 거 있음 다 고쳐준다.
나도 사업도 망해보고 가난하게도 살아봐서 집 없는 설움 알아요.
그걸 아니까, 전세금 올리고 내쫓고 그런 거 못 하겠더라고."

주인아저씨는 수도꼭지를 교체해주신 후
커피 잘 마셨다는 말과 함께 돌아가셨다.

감사한 마음에 괜히 뭉클해지던 그날,
사람의 '경험 활용 방법'에 대해 생각해봤다.

사람이 경험을 활용하는 방법에는 크게 두 가지가 있는 것 같다.
'나도 당해봤으니, 너도 당해봐라'와
'내가 당해봐서 아니까, 너한테는 그러고 싶지 않다.'

나는 경험을 어느 쪽으로 활용하며 살고 있을까.

杞憂

지금 살고 있는 전셋집을 계약할 때
우리 언니가 주인아저씨에게 물었다.
아주 당당하고 야심차게.

"계약은 2년으로 할 건데요, 제 동생이 아직 미혼이라….
혹시 결혼하게 되면 방을 좀 일찍 빼도 될까요?"

주인아저씨는,
경사스러운 일이니 당연히 그러셔야죠, 하며
사람 좋은 웃음을 지으셨는데….

나,
이번에
2년 연장했다.

언니,
결혼 때문에 방 일찍 뺄지도 모른다는 그 말…
왜 한 거야…?

걱정도 팔자네.

이런 걸 두고
'기우'라고 하나 보다.

* 기우(杞憂): 앞일에 대해 쓸데없는 걱정을 함. 또는 그 걱정.

어 혼
때 자
요,

프리지어 쓰레기

독립한 지 얼마 안 되어 찾아온 봄날,
어디서 본 건 있어가지고
꽃을 산 적이 있다.

내가 나에게 주는 선물이라며
전철역 앞에서 프리지어 한 다발을 사고,
다이소에서 화병을 샀다.

처음엔 좋았다.
책상 위에 놓인 프리지어만으로도
원룸에는 꽃향기가 가득했고,
누구한테 잘 보이기 위해서가 아니라
혼자 살고 있는 나 자신을 대우해주는 느낌이랄까.

그런데
하루, 이틀, 일주일, 이주일…
꽃은 시들기 시작했고, 시든 꽃잎이 떨어지기 시작했고,
짜증나기 시작했다.

아, 뭐야. 왜케 빨리 져? 이런 쒸레기~!

혹자는 꽃을 잘 말리면 예쁘다고 하지만
죽은 꽃이 왜 예쁜지 모르겠고,
건드리면 먼지가 되어 부서질 것 같은 그 버석거림도 싫어서,
결국 책상 위에 올려둔 프리지어를
2주 만에 종량제봉투 속으로 보내버렸다.

꽃이 쓰레기가 되는 순간이었고,
그 순간은 어쩐지 좀 서글펐다.

APRIL 13

APRIL 20

AFTER A WEEK

AFTER TWO WEEKS

APRIL 21

TRASH

문득 생각했다.

나의 말년이 누군가에게 쓰레기가 되진 않았으면 좋겠다고.
프리지어는 쓰레기가 되어 봉투에 담겼지만
나는 누군가의 마음에 담겼으면 한다.

사람은 꽃보다 아름다운 법이니까.

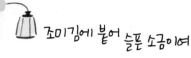

조미김에 붙어 슬픈 소금이여

음식을 거의 해먹지 않는 우리 집엔 기본 양념장이 없다.
언젠가 소고기 다시다, 설탕, 후추, 천연조미료 등등 왕창 샀다가
유통기한이 지나서 왕창 버린 기억이 있기에
그 후로는 아무것도 사다놓지 않는다.

어느 날, 오랜만에 달걀을 삶아보았다.
그런데 이럴 수가! 소금이 없다!

옛말에, 소금처럼 귀한 존재가 되라 했거늘
그 귀하다는 소금이 나의 부엌엔 없다.

이미 달걀은 삶았는데,
그것도 8개씩이나 삶았는데 어떡하지?
침착하자, 방법이 있을 거야.
찬장을 이리저리 뒤져보니, 조미된 양반김이 있다.
양반김을 뜯으니, 김에 소금이 붙어 있다!

김에 붙은 소금을 털어 모아볼까 하다가
나이 마흔에 그건 너무 한심해 보일 것 같아서
그냥, 김에 달걀을 싸먹기로 결정했다.

어디,
음~ 이거, 그냥 소금만 찍어먹을 때보다 더 맛있는데?!

삶은 달걀에게 있어 소금은 꼭 필요한 존재다.
하지만 소금이 없다고 달걀을 먹을 수 없는 건 아니다.
없으면 없는 대로 조미김이나 간장으로 대체해 먹으면 되니까.
그리고,
사람 역시 그러하겠지.

'대체인력'이란 말은 어쩐지 슬프다.
아무리 훌륭하고 능력 있는 사람도
수틀리면 '대체인력'으로 바뀔 테니까.
직장은, 사회는, 그런 곳이니까.

이런 생각을 하고 나니,
소금 대신 조미김에 싸먹는 달걀 맛이
어쩐지 좀 쓰다.

어
혼
자
때
요,

다이어트

오늘은 저녁 안 먹을 거야,
라고 다짐하고
맥주를 딴다.

맥주는 살 안 찔 거야,
라고 생각하며
육포를 뜯는다.

육포는 살 안 찔 거야,
라고 믿으며
달걀을 삶는다.

달걀은 살찌는 음식 아니잖아,
근육 키우는 사람들이 달걀을 얼마나 많이 먹는데,
그러니 괜찮을 거야,
라고 생각하며
삶은 달걀 세 개를 먹고
입가심으로 미숫가루를 타먹는다.

다 먹고 나니
배가 부른 것도, 안 부른 것도 아닌 것이
속이 허하면서도 더부룩하고
왠지 모르게 불쾌하다.

그리고 방금 알아낸 충격적인 사실.
좀 전에 내가 먹은 코주부 육포의 열량이 304kcal란다.
젠장.
이럴 바엔, 그냥 밥 차려 먹을걸.

늘 이런 식이다.
뭐든 하다보면 배보다 배꼽이 더 커진다.
그러니 다이어트를 생각한다면 그냥 밥을 먹는 게 낫다.
안 그러면 '과식한 듯 과식 아닌 과식 같은 너'가 될 테니.

귀찮음병 1

3일째 신문이 오지 않고 있다.

첫째 날은, 누가 가져갔나 했고
둘째 날은, 눈이 많이 내려 그런가 했고
셋째 날은, 이 신문사 왜 이래? 싶었다.

오늘은 신문사에 항의전화 해야 하는데
.
.
.
귀.찮.다.
거기도 뭔 사정이 있겠지.

난 쓸데없이 너그러워지고 있다.
이놈의 귀찮음-병.

신문은 5일이 지난 후 다시 오기 시작했고,
5일간 왜 신문이 오지 않았는지는 지금도 모른다.

귀찮음병 2

가만,
멜론에서 노래 다운받아야 하는데….
한 달에 7,700원 하는 정액제로 40곡 다운받는데,
지난달도 몇 곡 다운 못 받고 그냥 한 달이 지나버렸다.
자, 얼른 일어나 핸드폰을 켜고 멜론에 들어가
노래를 다운받자, 다운받자.
.
.

근데 귀.찮.다.
한 달 기한까지 아직 며칠 남아 있겠지 뭐.

난 쓸데없이 확실치 않은 일을 기정사실하고 있다.
이놈의 귀찮음-병.

기한은 그날까지였고,

다음날 멜론에 들어가니, 다운받아야 할 40곡이
새로 채워져 있었다. 이런!

어 혼
때 자
요,

귀찮음병 3

KT 올레 고지서가 나왔다.
오늘까진데….
자, 얼른 일어나 컴퓨터를 켜고
인터넷 지로에 접속하자, 접속하자.
.
.
.

근데 귀.찮.다.
까짓 연체료 그거 얼마나 한다고!

난 쓸데없이 통 큰척하고 있다.
이놈의 귀찮음-병.

인터넷 요금, 보험료 등은 항상 연체료를 무는 나.
주위에선 자동이체를 권하지만,
그러니까, 그 자동이체 신청전화를 또 미루게 된단 말이지.

에휴, 귀찮아서 숨은 어떻게 쉬고 사는지. 쯧쯧.

귀찮음병 4

51

강서구청 앞 도로에는 지그재그 차선이 많다.
점선으로 된 차선, 실선으로 된 차선, 버스 전용차선…
다 알겠는데, 지그재그 차선은 뭐지? 라고
궁금해한 지 2년이 지났다.
인터넷 검색창에 '지그재그'만 쳐도 뭔가 주루룩 나올 텐데,
.
.
.

찾아보기 귀.찮.다.

점점 무식해지고 있다.
이놈의 귀찮음-병.

이 글을 쓰다가
드디어 2년 만에 지그재그 차선에 대해 찾아보았다.
과속방지 및 서행운전 유도선이란다.
혹시 지진발생구역이 아닐까, 생각했었는데…
아니었구나. 쩝.

어
혼
자
때
요,

홈쇼핑 실패담 I. 핑크 바이크

홈쇼핑 보다가 충동적으로 구입한 실내자전거,
핑크 바이크.

성능 좋다.
페달 잘 돌아간다.
열심히 타면 땀난다.
그런데 함정은,
.
.
.
안 탄다는 거다.

TV 보면서 페달만 밟아도 운동이 된다고 해서 해봤는데,
TV에 정신 팔려서 페달을 안 밟는다.
핑크 바이크 위에 앉아서 TV만 보다가
'이럴 걸 소파에 앉아서 보지, 뭐 하러?' 하면서
슬금슬금 내려와 소파에 앉는다.
그러다, 눕는다.
역시 TV는 누워서 봐야 제맛이라면서.

현재 핑크 바이크는
옷걸이가 되었다.

혼자
어 때
요,

홈쇼핑 실패담 2. 바비리스 프로 미라컬

일명 망치고데기, 바비리스 프로 미라컬.
기적 같은 컬이 완성된다고 해서 미라컬.

정말 기적 같은 컬이 완성된다.
후루룩 말면 두루룩 웨이브가 진다.
그런데 함정은,
.
.
.
안 한다는 거다.

머리카락을 완전히 말리고 사용해야
머릿결이 상하지 않는다는데,
원래 나는 머리 안 말리고 나간다. 머리 말릴 여유가 없다.
출근하기도 바쁜데 머리 말리고 자시고 할 시간이 없다.
대체로 머리는 길에서 말린다.

특별한 날 웨이브 머리 하고 나가면 예쁠 거라는데,
특별한 날이 없다.
소개팅 날 하고 나가라는데,
소개팅 안 들어온다.

집에서 웨이브 곱게 말고 있으면 미친년 같을까 봐,
집에서도 못 한다.

일명 망치고데기.
차라리 진짜 '망치'면 좋겠다. 못이라도 박게.

유통기한

방금,
유통기한이 5월 20일까지였던 믹스커피를 타서
책상 앞으로 가져왔다. (오늘은 6월 21일)
괜…찮겠…지?

어제는,
유통기한이 4월 29일까지였던 신라면을 끓여먹었다.
괜…찮겠…지?

6월 18일엔,
유통기한이 6월 1일까지였던 조미김 20봉을
혼자 다 먹을 수가 없어서 언니네로 보냈다.
괜…찮겠…지?

유통기한보다 사용기한이 더 길다는 기사를 접한 뒤
요즘 유통기한 지난 음식들을 하나씩 먹어치우고 있다.
지금 찬장에는,
2월 14일까지였던 동원 마일드 참치캔이 두 개나 있는데
아까워서 차마 못 버리겠다. ㅜㅜ

사랑의 유통기한은 3년이라던데
나에겐, 사랑에도 '사용기한'이 있는 것 같다.

그래서 유통기한이 지나 상대가 떠나고 난 뒤에도
여전히 그 사랑을 안고 지낸다. 그것도 꽤 길게.
나는 그 기간을 '내 사랑의 애도기간'이라 부르는데
아픔이 긴 만큼 좋은 점도 있다.
바로, 미련이 없다는 것.
아플 대로 아프고, 다칠 대로 다치고 나면
미련 없이 마음이 개운해진다.

옷 버리기

긴 겨울이 지나 어느덧 봄은 오고,
늘 그랬듯 옷장엔 입을 옷이 없다.

아냐, 아냐.
베란다 어느 상자엔가 봄옷이 가득 있을 거야.

써야 할 원고를 뒤로하고
또 옷장 정리를 시작했다.

작년에 봄옷을 넣어둔 상자를 꺼내와 다 쏟아낸 다음
그 상자에 겨울옷을 담았다.

그리고 미어터져 버릴 것 같은 옷장을 생각하며
꺼낸 봄옷 중 안 입는 옷은 과감하게 버리기로 결심했다.

그래, 이 티셔츠 작년에 한 번도 안 입었어. 버리자.
이 치마는 지금 허리가 안 맞을 거야. 버리자.
이 레깅스엔 보풀이 너무 많은걸? 버리자.
그렇게 추려낸 옷이 마흔세 벌.

마흔세 벌의 옷가지를 커다란 비닐봉지에 하나씩 담아본다.
근데 이 티셔츠, 어제 새로 산 바지에 입으면… 괜찮지 않을까?
이 치마, 그때 되게 비싸게 주고 산 건데… 살 빼서 입을까?
그래도 이만한 레깅스가 없는데… 한 해만 더 입을까?

결국 비닐봉지에 담긴 옷은 마흔세 벌 중 달랑 두 벌.
너무 많이 찢어져 못 입는 청바지와 누렇게 바랜 흰 티셔츠를
집 앞 헌옷 수거함에 넣고 돌아오면서 생각했다.

그래,
나는 예전부터 버리는 걸 참 못했지.

쇼핑백과 비닐도 버리지 않아 베란다에 가득 쌓여 있고
이미 기능을 상실한 휴대폰들도 서랍 속에 고스란히 누워 있다.

언젠가 한 번은 필요하지 않을까 싶어서
쌓아두고 쌓아두고 쌓아두고,

그가 날 다시 찾아오지 않을까 싶어서
마음에 그를
쌓아두고 쌓아두고 쌓아두고,

그러나 오지 않더라.
아니, 오더라도 소용이 없더라.

에잇, 오늘 밤
쌓아둔 옷이나 몇 벌 더 버려야겠다.

어혼
때자
요,

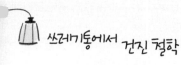
쓰레기통에서 건진 철학

세상에서 가장 먼 천릿길은
휴일에 하루 종일 집에서 빈둥거리다가
해 질 무렵 쓰레기 버리러 나가는 길이다.

쓰레기 버리는 곳이
집에서 스물네 발자국 떨어져 있음에도 불구하고
(방금 버리면서 실제로 세어봤음.)
그 길은 천릿길보다 멀게 느껴진다.

게다가 더욱 신기한 것은,
방금 집 안의 쓰레기란 쓰레기를 박박 긁어모아
종량제 봉투에 넣어 버리고 왔는데
집에 들어온 지 1분도 안 되어
쓰레기가 또 생긴다는 거다.

이를테면, 아, 쓰레기 버리고 왔더니 힘드네,
아이스크림이나 하나 먹을까? 하고
냉동실에서 아이스크림을 꺼내 먹으면,

아이스크림 껍데기가 쓰레기가 되고
쓰레기통은 또다시 채워진다.

그래서 언젠가부턴
완벽히 비어 있는 쓰레기통은 포기했다.
내가 이 세상을 살아가는 동안 우리 집 쓰레기통은
단 한 순간도 텅 빌 수 없다는 걸 깨달은 거다.

세상만사 모든 고민도 이 쓰레기통과 같다.
그 어떤 고민도 말끔히 해소될 수 없으며
해소됐다 해도 금세 뒤돌아서면
또다시 머릿속은 고민으로 차오를 것이다.
그러니 고민 따위는,
'해결하자' 마음먹지 않고 사는 것이 속 편하다.
고민이 있으면 있는 대로 하루하루 넘기는 것,
그게 긍정적으로 세상을 살 수 있는 방법이 아닐까.
당장의 고민을 해결했다고 해서
영원히 나의 고민통이 비워지는 것은 아닐 테니.

어쩌면
혼자
때가
요,

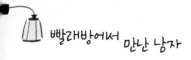
빨래방에서 만난 남자

침대시트를 바꿀 때마다 생각한다.

"계절이 바뀔 때마다 침대시트를 갈아주겠소.
그러니 나와 결혼해주시오."

이렇게 말하는 남자가 있다면
나는 냉큼 "네~" 하고 그의 청혼을 받아줄 거라고.

침대시트를 바꾸는 게 왜 그렇게 버겁고 힘든지,
시트를 새로 깔고 이불커버까지 새로 씌우고 나면
온몸에 땀이 줄줄 흐른다.

그럼 그걸로 끝이냐? 아니다.
벗겨낸 시트와 이불커버를 들고 빨래방에 가야 한다.
집에 있는 세탁기의 용량이 작을 뿐 아니라
이불을 쫙 펴고 말릴 만한 공간 또한 없기 때문이다.

그러나 빨래방에 가는 일이 그리 귀찮지만은 않다.
외국 영화에서처럼, 빨래를 들고 오는
혼자 사는 남자를 만날 수도 있을 테니 말이다.

그러던 어느 날,
빨래방 기계에 동전을 넣은 뒤
빨래가 다 되기만을 기다리고 있을 때였다.

몇 분이나 지났을까.
나보다 한참 어려 보이는 잘생긴 남자 등장.

잡지를 보는 척하며, 남자의 행동을 주시했다.
남자가 점퍼를 포함한 옷가지 몇 개를 세탁기에 넣고는
나에게 다가왔다.

남 저…

나 네?

남 동전 좀…

나 네?

남 동전 좀 바꿔주세요.

나 네? 저 동전 없는데…

남 아, 여기 사장님 아니세요?

이걸 확- 그냥!

남자는 그제야 무인시스템 안내 문구를 발견했는지
죄송합니다, 꾸벅 인사하며
동전 교환기 쪽으로 걸어갔다.

이 얘길 친구한테 했더니, 친구가 그런다.
"야, 너는 그 나이에 빨래방 오는 남자 만나고 싶니?
우리는 말야, 이불 빨래도 너끈히 해내는
대용량 세탁기 가진 남자랑 결혼해야 돼.
19kg 이상짜리로. 알아?"

응, 안다. 훌쩍.
그치만 나,
정말로 대용량 세탁기 가진 남자는 바라지도 않는다.
다만, 함께 이불 빨래를 하거나
빨래방에 같이 가주는 자상한 남자면 좋겠다.

어 혼
때 자
요, 요

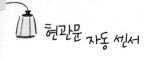
현관문 자동 센서

깊은 밤, 한참 자고 있는데
갑자기, 정말 갑자기,
현관 자동 센서등에 불이 켜졌다.

순간적으로 눈이 번쩍 떠졌다.
자갸, 좀 나가봐, 라고 말할 남편이 없기 때문에
일단 침대 헤드에 등을 대고 앉았다.

잠결이지만 상황을 정리해본다.
현관 자동 센서등에 불이 들어왔다는 건 둘 중 하나.
침입자가 있거나, 귀신이 있거나.
둘 중 어느 쪽이라도 등골이 오싹한다.

젠장, 역시 결혼을 했어야 했어.
그럼 남편 등에 숨기라도 하지.

그런데 침입자는 일단 아닌 듯싶다.
원룸이라 현관으로 들어오면 나랑 눈이 마주쳐야 하는데
아무도 없다.

그렇다면?
역시 귀신이었어! 어흑!
며칠 전 신점 봤을 때 동자신이 내 등에 업혀왔나?
으악! 상상할수록 무섭다.
불을 켜야겠다. 그 다음엔 십자가를 찾아볼 거야.

이불을 걷어내고 일어서려는데
헛, 또 현관 센서등에 불이 켜진다.

으   악 ~~~~~~~~~~~~~~~~

혼
자
요,
어
때

그때 알았다.
이불을 들척거릴 때마다 바람이 일고,
그 바람 때문에 현관 센서등에 불이 켜진다는 것을.
얼마 전 침대를 현관 가까이 배치해놨더니
이불을 엎치락뒤치락할 때마다
현관에 불이 들어왔던 것이다.

젠장, 내일 다시 침대를 벽 끝으로 붙여놔야지.

나처럼 원룸에 사는 지인들에게 물어보니
그래서 현관 앞에 커튼을 달아놓았단다.
그렇게 해놓으면 바람에 현관 센서등 켜질 일 없어 좋고,
배달 왔을 때 안이 보이지 않아 좋고, 1석 2조라나.
"어머, 커튼을 어떻게 혼자 달아?" 했다가 돌 맞을 뻔했다.

그래서 커튼이랑 봉을 사다가 혼자 나사 박고 달아봤는데
된다~!

와, 나는 이제,
혼자 커튼도 잘 다는 뇨자~!

해충과의 전쟁

불을 끄고 누웠는데
아주 미세한, 날개 움직임 같은 소리가 들려왔다.

나방인가 싶어서 불을 켰는데
으악~! 바퀴벌레다!

바퀴벌레란 무엇인가!
한 마리가 나타났다면
이미 어딘가에 수백 개의 알을 깠을 거라는 공포의 해충.
한 번 나타나면
집을 태우기 전까지는 사라지지 않는다는 불멸의 해충.

이런 순간, 결혼한 여자들은 남편을 부를 테지만
나는 세스코를 불러야 한다.

하지만 한밤중에 세스코에 전화할 수는 없는 일.

일단, 상비하고 있는 '컴배트 스피드 에어졸'을 가지러 가려 했지만

그 긴 이름만큼이나 저~기 신발장 구석에 처박아놓은 상태라,

고민 고민하다가 일단 옆에 있던 '섬유탈취제'를 뿌려보았다.

기대 없이 임시방편으로 뿌린 것이었는데

정말 놀라운 일이 벌어졌다.

바퀴벌레가 섬유탈취제를 맞고, 죽은 것이다!

(물론, 바닥이 흥건해질 때까지 많이 뿌리기는 했다.)

어? 이거 뭐지?

그날 이후부터

바퀴벌레에 대해 약간 자신감이 붙었다고 해야 할까?

혹시라도 바퀴벌레를 발견하면

일단 이것저것 다 뿌려본다.

섬유탈취제는 물론이고,

모기 잡는 에프킬라, 개미 잡는 스프레이까지.

그리고 그 모든 스프레이들이

바퀴벌레 죽이는 데 효과가 있다는 걸 확인했다.

어 혼자
때 요,

이젠 바퀴벌레를 봐도 기혼 여성들처럼
"어머, 여봉~~ 바퀴벌레!! 죽여줘~~~!"
이런 소리를 지르지 않는다.
"허, 또 나타났네!"라며,
당황하지 않고 아무거나 잡히는 대로 뿌린다.
그리고 약에 흥건하게 젖은 바퀴벌레를
휴지에 꽁꽁 싸서 비닐봉지에 넣어 묶은 다음,

화장실 쓰레기통에 버린다.

혼자 산다는 건,
세스코만큼이나 해충 박멸에 능숙해진다는 것.

어 혼
때 자
요,

악몽

악몽을 꾸었다.
허허벌판에서 누군가 사람을 죽이는 장면을 목격했고,
풀숲에 숨어있던 나는, 비명을 지르는데 목소리가 나오지 않았다.
나오지 않는 소리를 지르다, 지르다, 잠에서 깼는데
정신은 또렷한데도 가위에 눌린 듯 몸이 움직이질 않는다.
식은땀이 난다. 지금 몇 시쯤 됐을까.

워낙 무서움을 많이 타는지라
시계는 일부러 보지 않았다.
새벽이라면 곧 아침이 올 테니 견딜 만하지만,
한밤중이라면 무서움에 불을 켜고 밤을 지새울 게 분명하다.

다시 자자, 잠들어야 한다.
억지로 잠을 불러본다.

이런 순간, 옆에 남편이 있다면 무섭지 않을까?
가끔 한밤중에 잠에서 깨어 무서움이 몰려올 때면,
남편과 같이 자는 여자들이 부러워진다.

그러다 이내 곧 생각을 바꾼다.
됐어.
〈CSI〉〈영구미제 사건 – 콜드케이스〉
〈뼈로 푸는 수사 – 본즈〉 이딴 것들이나 끊자.
맨날 살인사건 나오는 미드 보고 자니까 악몽을 꾸지.

앞으론 로맨틱 영화를 보다 자야겠다.
휴 그랜트가 나오는 꿈을 꿀 수 있도록.
애시튼 커처여도 좋겠다.

다음날,
결혼한 지 2년 된 후배가 말했다.
"언니, 부부는 꼭 같이 잔다는 환상을 버려!
그이, 어제 안 들어왔거든?
그리고 나는 잠 안 오는데 옆에서 코 골고 자면
얼마나 베개로 눌러버리고 싶은지 알아?"

결혼한 여자들은 늘 남편 팔베개 베고 자는 줄 알았는데, 아닌가 보네?
오호, 이거 조금 위로가 되는걸?

어
때
요,
혼
자
자

이한몸 유지하기가

방송이 없는 날,
그동안 밀린 은행 업무를 봤다.
공과금 및 그 밖의 처리할 고지서를 정산했는데,

자동차세
건강보험료
연금보험료
전기료
KT 올레 및 인터넷 사용료
도시가스 요금
공영주차장 요금
속도위반 과태료
한국방송작가협회 회비
부모님 효도보험료
오피스텔 관리비

어느 날
생겨요

이 한 몸 움직이는 데 드는 기본요금이 이렇게나 많다.
1인 가구로 혼자 사는 나도 이런데,
4인 가구로 식구들과 같이 사는 사람들은
어떻게 이 생활비를 감당할까?
부부가 맞벌이로 돈을 벌어도 남는 게 없다더니
그 말이 사실인가 보다.

혼자 살기에도, 여럿이 살기에도,
나 같은 서민들이 살기엔 참 팍팍한 세상이다.

낫토 대용량 팩

이마트에 갔다가
'실의 힘, 낫토'를 발견했다.

낫토는 미국의 권위 있는 건강전문지《헬스》가 선정한
세계 5대 건강식품 중 하나이고, (포장지에 쓰여 있음)
건강을 생각하는 많은 사람들이
낫토의 주요성분인 낫토키나제에 주목한다기에,
(역시 포장지에 쓰여 있음)
건강을 생각하는 사람 중 하나로서
아니 살 수 없었다.

그런데 문제는,
낱개로는 팔지 않는다는 것.
분명 지난번에는 낱개로 샀던 것 같은데
그날따라 대용량밖에 남아 있지 않았다.

'이걸 사? 말아?'
'너무 많지 않나?'
'아냐, 하루에 하나씩 출근길 차 안에서 먹으면 돼.'

대용량의 비극은 그렇게 시작되었다.
집에 와서 포장을 뜯어보니 여섯 팩이 들어 있었는데,
한 팩에 두 개씩, 총 열두 개다.

남은 유통기한은 6일.
하루에 두 개씩,
아침에 한 번, 저녁에 한 번 먹으면 되잖아~라며
쿨하게 넘겼지만,
♬ 빠바바바방 ♬
출근길, 이미 절반이나 지나온 다음에야 생각이 났다.

'아, 맞다! 낫토 챙겨 온다는 걸 까먹었네!'

저녁때도 마찬가지.
5일 중 4일은 밖에서 밥을 사먹는지라
침대에 눕기 전에서야 생각이 났다.

'아, 맞다! 오늘 낫토 안 먹었네!'

그렇게 미루고 미루어
어느덧 유통기한의 마지막 날이 되었을 때,
남아 있는 열 개의 낫토를 보고 울지 않을 수 없었다.

그때부터 주위에 전화를 돌리기 시작했다.

나　언니, 낫토 좀 먹을래?
언니　우린 그런 거 안 먹는다.
나　A야, 낫토 좀 먹을래?
친구 A　여행 중이다. 제주도야.

하는 수 없다. 혼자 해결하는 수밖에.

일단, 낫토 네 개를 뜯어 냉면 그릇에 다 쏟아부은 다음
소스와 겨자를 넣고 힘껏 젓는다.
실이 미친 듯이 생겨난다. (이때 좀 무서웠다.)
거기에 밥을 조금 넣고 함께 비빈다. (밥이 없으면 좀 짜다.)
그리고 폭풍 흡입~!

입가에 계속 날리는 실 때문에 추하기가 이루 말할 수 없지만
밥에 비벼먹는 낫토의 맛은?
흠~ 그런대로 괜찮다.

그렇게 낫토를 한 대접 먹고
터질 것 같은 배를 문지르며 무심코 냉장고를 열었는데,

또   아~~~~~
여전히 남아 있는 여섯 개의 낫토~~~

한 네 개쯤 뜯어
또 한 그릇 먹을까, 하다가
실만 봐도 토할 것 같아서
모조리 냉동실에 넣어두었다.

낫토를 냉동실에 넣으며
포장지를 다시 읽어보니 이렇게 쓰여 있다.
'대용량 패밀리 팩'
역시, 패밀리가 있는 사람들이 먹는 거였어.
패밀리 없는 나 혼자 먹기엔 너무 공포스러웠던 낫토.

혼자 사는 사람들을 위해
한 팩에 네 개쯤 들어있는, 또 유통기한도 아주 긴~
'대용량 1인 가구 팩'
뭐 요런 건 안 되는 걸까?

혼자
어 때
요,

택배 선거 공약

조카에게서 문자가 왔다.

"이모, 또 택배 왔어."

집에 택배 받아줄 사람이 없어
언니네 주소로 택배를 보낸 탓이다.

혼자 살아서 크게 불편한 것 중 하나가
바로 이 '택배'다.
언제 올지 모르는데 하루 종일 집에 있을 수도 없고,
그렇다고 홈쇼핑을 끊을 수도 없고.
궁여지책으로 언니네 집으로 택배를 보내는데
택배가 도착할 때마다 조카가 문자로 상황을 알려준다.

"이모, 이번 택배는 꽤 큰데?"
"이모, 작은 상자 한 개가 왔어."
"이모, 놀라지 마. 택배 다섯 개가 한꺼번에 도착했어."
"이모, 또 뭘 산 거야?"
"이모, 어째 이번 주는 택배가 뜸하네. 무슨 일 있어?"

이거, 조카 보기 참 부끄럽구만.

관리사무소 없는 건물에서 혼자 사는 사람들을 위해
누군가 획기적인 시스템을 개발해주면 좋겠다.
택배 상자를 넣을 수 있는 거대한 사물함을 설치한다든지,
(싱글 전용 오피스텔에 이런 시스템이 있다고는 하는데, 흔하지 않으니까)
앞으로 짓게 되는 건물은 큰 우편함이 건축의 필수조건이라든지,
그것도 아니면,
모든 택배를 받는 날짜와 시간을 지정할 수 있게 해주든지.

이거 원,
혼자 사는 사람, 택배 못 받아 서러워 살겠나.

선거 때, 혼자 사는 사람들이
편하게 택배를 받을 수 있는 공약을 내건다면
꽤 많은 지지를 받을 수 있을 텐데.
정치하시는 분들, 참고하세요.
1인 가구 400만 시대라구요.

혼자일
때요,
어

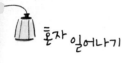 혼자 일어나기

혼자 사는 33세 싱글 여성 후배작가는,
귀에 이어폰을 꽂고 휴대폰으로 라디오를 들으며
자는 버릇이 있단다.
그런데 라디오를 끄지 않은 탓에
이어폰에서는 계속 라디오 소리가 흘러나오고,
아침에 일어나면 이게 잔 건지, 라디오를 들은 건지,
몸이 개운하지 않고 정신도 몽롱하단다.

그래서 이어폰으로 듣지 말고
차라리 그냥 틀어놓고 자라고 했더니,
'알람' 때문이란다.
깨워줄 사람 없이 혼자 살다 보니,
혹시라도 휴대폰에 설정해놓은 알람소리를 못 들을까 봐 불안해서
알람소리를 바로 들을 수 있도록 이어폰을 꽂고 자는 거란다.

혼자 일어난다는 게 얼마나 불안한 건지,
나도 알고 있다.
원고가 많은 날은 일찍 일어나서 써야 되는데,
혹시라도 무심결에 알람을 끄고 다시 잘까 봐
먼저 깨어 알람이 울리길 기다린 적도 있다.

늦잠을 자도 곁에서 깨워줄 사람이 없다는 건
생각보다 꽤 두려운 일이다.

인생 역시, 혼자 일어선다는 건
분명 두려운 일일 것이다.
그래도 별 걱정을 안 하는 이유는,
지금껏 '어떡하지?' 하는 순간에
누군가의 손길이, 혹은 행운이 찾아왔기 때문이다.
마치, 알람을 못 듣고 계속 잠들었다가도
'오늘 배송됩니다'라는 택배 문자가,
'언니, 오늘 몇 시에 오세요?' 하는 동생작가의 카톡이
날 깨워 일어나게 하는 것처럼.

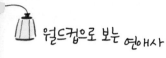

2002년 한일 월드컵 때는,
라디오 팀과 함께 응원했었다.
경기시간이 마침 방송시간과 겹쳐서,
우리나라의 경기가 있던 날은 기존 코너를 접고
라디오 축구중계 하듯 해설도 하고 응원사연도 받으며
그렇게 방송했었다.
우리나라가 이긴 날엔,
라디오 팀이 다 함께 홍대로 가서 맥주도 마셨다.
당시 거리엔 '대~한민국!'을 외치는 젊은이들이 넘쳐났고,
어느 맥주집에 들어가든지
"Hey, Man~" 하며 서로 친구가 됐었지.

2006년 독일 월드컵 때는,
요즘말로 '썸' 타던 남자를 포함한 몇 명이서
치킨과 맥주를 시켜놓고
데이트인 듯 데이트 아닌 데이트 같은 응원을 했었다.

2010년 남아공 월드컵 때는,
만나는 사람은 있었지만
서로의 일 때문에 같은 장소에 있을 수 없었으므로,
각자의 자리에서 중계를 보며
문자로 줄기차게 대화를 주고받았었는데….

그리고 찾아온 2014년, 브라질 월드컵.
러시아와의 경기가 있던 아침 7시,
졸린 눈을 비비고 일어나
불그스레한 티셔츠로 갈아입고 소파에 누워
혼자 응원하고 있다.

쥐포도 한 마리 구웠고, 방울토마토도 씻어서 가져왔고,
커피도 내리고 있고, 달걀 프라이도 하나 내왔다.

골이 들어갈 때마다 간간이 울리는 카톡.
만원 내기 했던 라디오 팀의 문자다.

"아싸, 한 골."
"와~ 비겼다~!"
"만원 주십시오!"

사실, 그동안 월드컵 응원 같은 건
반드시 누군가와 같이 해야 한다는 강박이 있었다.
거리에 나가 붉은악마 물결에 동참하진 않아도
삼삼오오 모여, 혹은 연인과 한잔하면서
응원해야 한다고 생각했었다.
그러지 않으면 외로울 것 같아 두려웠고,
그래서 지난 시절엔 어떻게든 약속을 잡으려 애썼다.

그런데 막상 혼자 응원해보니 좋.다.
눈곱 낀 얼굴로 있어도 되니 좋고,
퍼질러 누워서 중계를 볼 수 있어 좋고,
아침이니 마음껏 먹어도 살쩔 걱정 안 해서 좋다.
게다가 한때는 누군가와 '같이' 응원했던 기억이 있기에,
추억을 곱씹을 수 있으니
이 또한 좋지 아니한가!

자, 그렇다면 과연
2018년 러시아 월드컵 땐 어디서, 누구와 응원하게 될까?
그때도 혼자 응원하고 있을까?
뭐 그렇다고 해도 그런대로 괜찮잖아.
대~한민국~!

어때요, 혼자

다정한 비둘기는 없다

지금 살고 있는 이 오피스텔로 이사온
다음날 아침,
누군가 방 창문을 두드렸다.

이 아침에 누구지? 하고 생각했다가
어? 여긴 5층인데? 하는 생각이 들자,
등골이 서늘해졌다.

창문 두드리는 소리는 여전히 들려오고,
벌떡 일어나 창문을 열어젖혔는데
창문을 두드린 녀석의 정체는 '비둘기'였다.

비둘기 여섯 마리가 창가에 나란히 앉아
내 방 창문을 쪼고 있었던 것이다.
까치까지만 해도 어떻게 참아볼까 했는데
비둘기란 무엇인가, '닭둘기' 혹은 '나는 쥐'라고 불릴 만큼
벼룩을 옮기고 다니는 도시의 무법자가 아닌가.

유리창 하나를 사이에 두고
비둘기가 눈을 동그랗게 뜨고 나를 쳐다보는데,
그게 너무 섬뜩해서
창문을 미친 듯이 두들겼다.
쿵. 쿵. 쿵. 쿵. 쿵!

비둘기들은 놀라 날아가고,
일종의 승리감에 기뻐하고 있었는데…

어혼
때자
요,

그날 오후,
출근하려고 밖을 나가보니
승자는 내가 아니라 비둘기였음을 알게 되었다.
비둘기들이 내 차를 똥으로 도배해놓았기 때문이다.
차 지붕에서부터 후면 유리창까지 빈틈없이
똥. 똥. 똥.

새똥 테러당한 차를 끌고 세차장으로 향하는 내 모습은
흡사 전쟁에서 패하고 돌아가는 패전병 같았고,
그날 깨달았다.
비둘기는 평화의 상징이 아니라, 테러의 상징이라는 것을.

기적은 어디에

한때, 홈쇼핑에서 파는 거의 모든 화장품을 산 적이 있다.
특히 '기적의'라는 말이 붙으면 자동적으로 휴대폰을 든다.

그날 방송된 것은 기적의 힐링 크림이었다.
1+1으로 준다고 해서 냉큼 샀던,
유명 쇼핑 호스트가 팔아서 더욱 신뢰가 갔던 크림.
얼굴에 바르고 나니 금세 보들보들해지면서
이햐~ 아기피부 같다, 라고
저절로 혼잣말하게 되던 바로 그 크림.

그런데 몇 달이 지났을까,
뉴스에 그 크림에 대한 소식이 나왔다.
스테로이드 성분이 기준치 이상으로 다량 검출되어
회수명령을 받았단다.
오 마이 갓.
두 통째 다 써가고 있는데, 어이가 없었다.

근데 이상하지?
내 피부는 아무 부작용이 없잖아,
역시 나는 피부 성격도 참 무난해, 라고 생각한 다음날부터
얼굴이 화끈거리고 좁쌀 같은 여드름이 생겨나기 시작했다.
그랬다, 말로만 듣던 부작용이었다.
스테로이드 성분은, 바를 때는 기적 같지만
사용을 중지하는 순간부터 부작용이 드러난단다.

피부과에 가서 처방을 받고 약을 타왔다.
의사는 아이러니하게도, 처방해드리는 약에도
스테로이드 성분이 들어있다며
가능한 한 먹지 말 것을 권했다.

집으로 돌아와,
크림을 판매한 홈쇼핑 홈페이지에 항의글을 올렸다.

믿고 샀는데 어쩜 이러실 수가 있죠? 어쩌구저쩌구…

다음날, 답변이 왔다.

크림통을 회수해가겠으며

접수되는 대로 환불해주겠단다.

병원 소견서를 제출하면 약값도 변상하겠단다.

잠시 고민했다. 약값 3,600원 나왔는데…

아, 3,600원 받자고 병원에 소견서 끊으러 가는 건

자존심이 좀 상하는데….

결국 쿨하게 3,600원은 포기하고 그냥 환불조치만 받았다.

요즘도 홈쇼핑에서는
'기적의~'라는 말을 잘 갖다붙인다.

기적의 힐링 크림
기적의 초특가
기적의 수분 크림
기적의 오일 한 방울
기적의 광파오븐렌지

그런데
단 한 통의 크림으로 아기피부가 될 거라는
기적을 믿었던 사람으로서,
단언컨대, 기적은 그렇게 쉽게 오지 않는다.

기적은 노력이 전제됐을 때 가능하다.
노력의 흔적이 축적되어 신이 보시기에 좋았을 때,
그때 기적으로 돌아오리니.

어혼
때자
요,

PART 2

사랑은
영원히

어쩌면 이렇게 쭉 혼자 살게 되더라도
사랑은 평생 하며 살아야지, 생각한다.

영원한 사랑은 없지만, 사랑은 영원히.

혼전 동거

어느 날, 친구 A가 진지하게 물었다.

"나, 동거할까?"

현재 사귀고 있는 남자친구를 사랑하지만,
그의 가족과 얽히는 건 싫다는 게 이유였다.

"남친 가족을 한 번 봤는데, 모르겠어.
그냥 깝깝하고… 아, 결혼하기 싫어졌어."

물론 나는 펄쩍 뛰었다.

"동거는 여자한테 불리한 거래.
그러다 그 남자 떠나면 억울해서 어떡해.
나중에 사귀게 된 남자가 동거한 과거를 이해 못 하면, 그땐?"

그렇게 뜯어말렸지만,
A는 딱 한 마디 했다.

"넌 아직도 그런 게 중요하니?"

전화를 끊고 한참을 생각했다.
뉴스를 보니, 요즘 대학생들 중에는
방값도 절약할 겸 동거하는 커플이 늘고 있다고 한다.
세상은 변하고 있는데,
나의 고지식함은 아직도 그대로였구나.

그래서 A에게 다시 문자를 보냈다.

"하고 싶음 해, 동거. 찬성해줄게."

그러자 답문이 왔다.

"됐어. 동거도 귀찮아졌어.
혼자 있고 싶은데, 누가 턱 받치고 옆에 있으면 열불날 것 같아.
우리 그냥 이렇게 혼자 살자."

그러고 보니 동거,
그것도 아무나 하는 게 아니다.
일단 용기가 있어야 하고,
혼자 있고 싶은데 누가 턱 받치고 옆에 딱 붙어 있어도
참을 줄 알아야 한다.
아, 동거를 넘어 심지어 결혼까지 하신 분들,
존경합니다.

후배의 선물

평소 아끼던 후배가
선물이라며 책 한 권을 내밀었다.

"안에 편지도 있어."

그 후배로 말할 것 같으면,
결혼한 지 1년쯤 된 새댁이다.

책표지 한 장을 넘겼는데
후배가 쓴 긴 메모가 보인다.
후배의 메모엔 뜬금없이 이런 말이 쓰여 있었다.

"사랑하는 언니, 올해는 연애해.
(작년에도 똑같은 얘기 한 듯)
결혼은 내가 해보니까, 60살에 해도 될 것 같아.
20년 정도만 같이 살믄 딱이지 뭐. 그것도 많아."

책보다 나를 더 즐겁게 한 메모 선물.

그래, 나처럼 싫증 많이 내는 인간은
어쩌면 한 남자와 20년 사는 것도 지겨워할지 모른다.

후배 말대로 결혼 적령기가 60세면 어떨까?
마흔에 결혼하는 여자에게 가서,
"지나친 조기결혼이시네요.
조기유학처럼 조기결혼도 안 좋다니까요!"
이렇게 말한다면?
2세 때문에 안 되겠지?

그래… 2세 문제가 있었네….

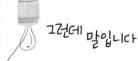

그런데 말입니다

미국 시트콤 〈앨리 맥빌〉에,
주선자가 소개팅 상대에 대해 이야기할 때는
'그러나'로 시작되는 말 뒤부터 잘 들어야 한다는
대사가 있었다.
일상에서는 '그러나'보다 '그런데'로 번역하는 것이
더 이해가 쉬울 것 같다.
예를 들면,

그 남자 자상해. 그런데 키가 작아.
그 여자 직업 좋아. 그런데 외모가 좀 별로야.
그 남자 집안 되게 부자야. 그런데 남자는 직업이 없어.
그 여자 되게 예뻐. 그런데 성격이 모났어.

그러고 보니, 보통 우리가 말할 때
'그런데' 뒤에 하는 말은 대개 그 사람의 단점이다.

그렇다면 누군가 나를 소개할 때는
'그런데' 뒤에 어떤 말을 덧붙일까.

그 여자, 다 무난해. 그런데 마흔이 넘었어.

ㅋㅋㅋㅋㅋㅋㅋㅋㅋㅋㅋㅋ
아, 웃고 있는데 눈물이 난다. ㅜㅜ

리액션이 좋은 남자

조카들과 영화 〈겨울왕국〉 4D를 보러 갔을 때였다.
영화 내내 들려오는 뒷줄 남자의 리액션 소리.

의자가 흔들릴 때마다, 오오~
바람이 나올 때마다, 와우~
안나가 눈사태를 맞을 때마다, 어~~
안나가 엘사의 포옹으로 심장이 돌아왔을 땐, 이햐~
자막이 올라갈 땐, 으으윽~

도대체 어떻게 생긴 남자일지 궁금했다.
영화가 끝나고 자리에서 일어나
조카들을 찾는 척하며 그 남자의 얼굴을 봤다.
대략 30대 초반으로 추정.
옆에는 다소 서먹해 보이는 여성이 앉아 있다.
두 사람이 소개팅으로 만났고
오늘의 만남이 세 번째쯤이라고 가정했을 때,
여자는 오늘 밤, 남자의 이런 리액션을 두고
네 번째 만남을 가질지 말지에 대해
친구와 폭풍 카톡을 할 것이다.

여자 야, 영화 보는 내내 '오오' '와우' '어' '이햐' '으으윽'
이러는 남자 어떻게 생각해?

친구 애냐? 만나지 마.

여자 좀 그렇지? 영화 보면서 주위 사람들 눈치 보여 죽는 줄 알았어.

친구 진짜 짜증 난다. 오버하는 남자들 딱 질색이라니까.

친구의 맞장구에,
여자는 그 남자와 더 이상 만나지 않을지도 모른다.
그런데 남자의 별것 아닌 행동을 치명적인 결점인 양
험담 많이 해본 사람으로서 감히 말해보자면,
그건 그 남자의 결점이 아니라
그저 그 남자에게 빠지지 않았다는 증거일 뿐이다.

그 남자에게 빠졌다면, '오오' '와우' '어' '이햐'는
그 남자와 계속 만나고 싶은 이유가 되었을 테니.

"야, 이 남자 유학파인가 봐.
영화 보는 내내 '오오' '와우' '어' '이햐'
아메리칸 스타일로 리액션을 하더라니까."

미혼 = 사랑받지 못했다는 증거?

나보다 열 살 어린 남자, 학교후배 A는
이런 말을 했었다.

"결혼을 안 했다는 건
여태껏 열렬한 사랑을 한 번도 못 받아봤단 뜻이에요.
남자는요, 열렬히 사랑하면 어떻게든 결혼까지 이끌거든요."

A는 그때 자기가 이런 말을 했는지 기억조차 못 하겠지만
그날 나는 적잖이 상처를 받았다.

사랑의 종착역이 꼭 결혼은 아니라고,
사랑했지만 결혼까지 이어지지 않을 수도 있고
열렬히 사랑하고도 헤어지는 경우가 있을 수 있다고 설명했지만,
A는 단호하게 말했다.

"글쎄, 남자는 안 그렇다니까요.
사랑하면 어떻게든 매달려서 결혼한다니까요."

정말 나는 한 번도 누군가의 열렬한 상대가 돼보지 못했던 걸까?
그날 심히 괴로웠었다.

그리고 한 5년쯤 흘렀을까.
A로부터 결혼 청첩장을 받았다.
그리고 A는 몇주 뒤,
결혼식이 취소됐다는 문자를 보내왔다.
물론,
왜 취소되었는지에 대한 설명은 없었고
나 역시 물어보지 않았다.

너도 이젠 알겠지?
열렬히 사랑했어도 그것이 꼭 결혼으로 이어지는 건 아니라는 걸.

위로가 필요해

방송이 없던 어느 날,
집에서 뒹굴뒹굴하며 인터넷을 보다가
네이버 메인에 떠 있는 '셀프 인테리어' 관련 블로그를
클릭한 적이 있다.

워낙 집안 가구를 이리저리 배치하는 걸 좋아해서 셀프로,
그것도 3만원으로 싱크대를 리폼했다는 글과
자취방을 카페처럼 만들고, 못 없이 커튼을 달고,
현관에 인조 잔디를 깐 Before & After 사진을 보며
'놀랍다'를 연발하고 있었는데…

그러다 우연히 읽게 된 내용 하나.
그 블로그 주인장이 이웃 블로거에게 받은 쪽지다.
그 쪽지에는,
꿈을 향해 가고 있는데 공부가 너무 힘들고
마음이 무겁다는 하소연이 담겨 있었고,
주인장은 그에게 답장으로
자신의 힘들었던 유학시절 이야기를 해주었다.

근데 참 이상하지? 그 글을 보는데 눈물이 뚝 떨어졌다.
내용 자체가 뭉클했다기보다는,
얼마나 힘들면 얼굴도 모르는 사람에게
무작정 쪽지를 보냈을까 하는 보낸 사람의 마음과
얼마나 위로해주고 싶었으면 자신의 얘기를
그렇게 스스럼없이 털어놓았을까 하는 받은 사람의 마음이
진심으로 느껴졌기 때문이다.

사실 지난 시절,
나도 그랬던 적이 있었다.
이별 직후 마음이 너무 괴로워 이별 관련 인터넷 카페에 들어가
이별을 극복했다는 회원에게 쪽지를 보냈었다.
도대체 그 비결이 뭐냐고, 나한테 좀 알려달라고, 힘들어 죽겠다고,
하소연 아닌 하소연을 했다.

그때 나의 쪽지를 받은 그분은 장문의 메일을 보내주셨는데,
다른 내용은 기억나지 않지만
아직도 이 문장만은 내 머릿속에 또렷하게 남아 있다.

"시간이 지나면 다 괜찮아지더군요."

그리고 놀라운 것은,
정말 그분의 말대로
시간이 지나니 마음이 말짱해졌다는 것이다.

이젠 지난 이별을 생각하면,
슬픔보다 '그래, 한바탕 사랑 참 잘~했다'
그런 기특한 감정만 남아 있다.

무거운 것을 혼자 드는 일은 어떻게든 해결할 수 있다.
그러나 슬프고 무거운 감정은 혼자 감당하기 어렵다.
그래서 세상은 혼자 살 수 없다고 하나 보다.
몸이 아니라 마음 때문에.

혼자 삼키기엔 슬프고 벅찬 일들이 너무 많은 세상이니까.

첫사랑

45세 싱글 여성인 선배가
인터넷에서 첫사랑을 찾아본 적이 있단다.

어느 날 문득 첫사랑 오빠가 생각나,
'그 오빠는 어떻게 살고 있을까?
똑똑했던 사람이니까 잘됐을 거야' 하고
검색창에 이름 석 자를 쳐봤는데,
아 글쎄, 떡하니 그 오빠의 기사가 뜨더란다.

기사를 읽어보니,
그 오빠는 무슨무슨 상까지 받으며
한 요식업계의 대표로 잘나가고 있었고,
선배의 후회는 그때부터 시작되었다.

"그때 그 오빠랑 결혼했어야 하는 건데 내가 미쳤지.
왜 찼을까? 하지만 20대 때는 그냥 결혼이 두려웠어."

첫사랑 오빠는 결혼을 해서 이미 가정을 꾸리고 있었지만
선배는 '연락해보면 어떨까' 하는 생각에까지 이르렀고,

마침 기사에 회사 전화번호도 나와 있으니
'전화를 걸어보는 게 그리 어려운 일은 아니잖아?'라고
생각했던 것이다.

근데 문제는,
'전화해서 뭐라 그래?'였다.

그때부터 시작된,
20년 전 첫사랑과 연락하는 시뮬레이션.

드라마에서는 보통
굳이 본인이 알려 하지 않아도 지인이 소식을 전달해주기 때문에
자연스런 통화가 가능하다.
예를 들면,

첫사랑 남자 근데 내 번호는 어떻게 알았어?
여자 얼마 전 정은이 만났다가, 우연히 오빠 연락처를 알게 됐어요.

그러나 그 선배의 경우엔,

첫사랑 오빠 근데 이 전화번호 어떻게 알았어?
선배 네이버 검색했어요.

아, 이건 너무 없어보이지 않나?

그럼 이건 어떨까?
회사로 전화해서 비서에게 전화번호를 남기는 거다.
드라마에서 보면,

비서 김지수라는 분이 번호 남기셨습니다.
첫사랑 남자 (놀란 표정으로) 김지수? 지수가?

그러나 선배의 경우엔,

비서 김지수라는 분이 번호 남기셨습니다.
첫사랑 오빠 (뭐래? 하는 표정으로) 김지수가 누구야?

아, 이건 더 비참하다.

결국, 그 선배는 첫사랑과의 연락을 포기했다.

하지만 지금도 가끔씩 첫사랑 얘기가 나올 때마다
"내 인생 최대 실수지. 그 오빠를 놓친 건…."
이라고 말하는 선배.

선배가 그 첫사랑과 결혼했다면 지금 잘 살고 있을까?
그건 알 수 없다.
부부의 인연이
어떻게 만나 어떻게 맺어질지 모르는 것처럼
어떻게 틀어질지 또한 모르는 일이므로.
그때 부부가 되지 못한 것은
그럴 만한 이유가 있는 신의 뜻이었다고,
그렇게 믿고 사는 것이 속 편하지 않을까.

옥탑방 낭만

〈싱글즈〉라는 영화가 있다.
2003년에 개봉한 영화인데
《29세의 크리스마스》라는 일본소설이 원작이다.

이 영화에서 가장 기억에 남는 건,
주인공 나난(지금은 고인이 된 영화배우 장진영)의 집.
나난은 옥탑방에 살았는데, 옥상을 마당처럼 이용하는 그 집이
그렇게 멋져 보일 수 없었다.

옥상에 놓아둔 긴 의자에서 남자(김주혁)와 커피를 마시던 나난.
그 로맨틱한 장면이 왜 그렇게 부럽던지,
나도 언젠가 꼭 해보고 싶다고 생각했다.
'어이구, 그런 영화 같은 일이 현실에서 어떻게 일어나냐?'
물으신다면, 지인이 겪은 일화를 들려드리고 싶다.

지인의 친구는 옥탑방에 살았다.
옥탑방의 최대 장점은, 옥상을 앞마당처럼 쓸 수 있다는 것.

그날도 친구 몇 명을 불러
옥상 위 평상에서 삼겹살을 굽고 있었는데
어디선가 낯선 목소리가 들려오더란다.

"익스큐즈 미~"

'뭐야, 이 낯선 언어는?' 하고
소리 나는 쪽을 향해 고개를 돌렸는데,
웬 외국인이 서 있더란다.
어디에? 바로 옆 빌라 옥상에!
그 외국인은 며칠 전 옆 빌라 옥탑방으로 이사 온 남자였는데,
집들이 워낙 따닥따닥 붙어 있다 보니
조금만 목소리를 높여도 서로 대화가 가능하더란다.

외국인은 자신도 마침 친구들과 파티 중이었다며 합석을 제안했고,
그들은 삼겹살 평상에 합석했다.
그리고 손짓 발짓으로 소통하며
영화에서처럼 흥겨운 옥상 파티를 즐겼다.

흔히 현실은 영화처럼 될 수 없다고 말한다.
영화니까 가능하지,
그런 일 따윈 현실에선 일어나지 않는다며 비웃는다.
하지만 그걸 어떻게 장담하지?
영화 속 재난이 가끔 현실에서 일어나듯,
영화 같은 우연으로 만나 사랑에 빠져
어쩌면 3일 후쯤엔
그토록 꿈꾸던 로맨틱이 실현될지도…. ^^

올레길에서 만난 남자

2008년이었던가, 2009년이었던가.
친구와 5일간의 제주도 올레길 여행을 계획한 적이 있다.

여름 휴가차 가려던 여행이었는데,
나보다 하루 먼저 제주도에 내려가
4코스를 걸었던 친구에게서 문자가 왔다.

"몇 시 도착이야?
오늘 저녁식사에 남자 초대해도 돼?"

오~ 이게 무슨 꿈결 같은 소리~?

"당근이지. 냉큼 초대해. 얼른!"

나는 황급히 제주도로 내려갔고,
친구는 게스트하우스 부엌에 작은 만찬을 준비해놓고 있었다.
그리고 그분이 오시기 전, 그분과 만나게 된 사연을 미리 들려주었다.

29

"그러니까, 오늘 4코스를 걷는데 비가 쏟아지는 거야.
내가 스포츠샌들을 신고 걸었거든.
근데 비가 오니까 발이 자꾸 미끄러지고 물집이 잡혀서
더 이상 걸을 수가 없었지.
그때 그분이 다가왔어.
괜찮냐고 물으면서 내 발에 반창고를 붙여주시더라고.
그리고 나를 부축해서 이곳 숙소까지 데려다주셨어.
함께 걸으며 참 많은 얘길 했는데,
얘기가 그렇게 잘 통할 수가 없더라."

여기서 나는 자동적으로 "뭐 하는 사람인데?"라고 물었고,
친구는 머뭇거렸다.

"그러니까 그게,
하… 니가 별로 안 좋아하는 직업."

당시 나는 정규직 남자를 고집했기에, 프리랜서인가 했다.
괜찮다고, 프리랜서도 능력만 있으면 고정적인 수입이 들어오더라,
여행지에서 남자를 만나다니, 이거 너무 로맨틱하다,
제주는 사랑의 섬이야, 어쩌구저쩌구.
온갖 설레발을 치며 다시 한 번 물었다.

"그래서, 직업이 뭐라고?!"

"신부님."

오, 신이시여.
우리는 그런 여자들이었다.
하필 만나도 이루어질 수 없는 종교인만 만나는
남자 복 지지리도 없는 여자들.

실망감이 목 끝까지 차오를 즈음, 신부님이 오셨다.
사복을 입고 계셔서 그런지
전혀 종교인답지 않은 모습으로 합석하신 신부님.
신부님은 자신이 신부의 길에 들어서게 된 과정들을 얘기해주며
밑도 끝도 없이 마음 속에 담고 있는 그 힘겨움을
내려놓으라고 했다.

우리의 마음이 보인 것일까?
당시는, 왠지 모르게 모든 것이 괴로웠던 30대 중반이었다.
결혼과 사랑과 일, 그 모든 것이 복잡하게 엉켜,
결국 앞으로 어떻게 살아야 하는가에 대한 생각으로
스스로를 괴롭히던 시기였다.
그 시기에 우리는, 그렇게, 여행길에서 신부님을 만났다.

신부님이 해변 저 멀리로 사라지며 우리에게 했던 말이
아직도 기억난다.

"행복하셔야 합니다."

마음이 무겁고 복잡할 때면
지금도 종종 신부님의 말씀을 떠올린다.
그래, 행복하자. 까짓것 인생 뭐 있다고.
다 행복하려고 이러는 거 아닌가.
그렇게 생각하고 나면 참 신기하게도
마음이 편안해지고 배짱이 생긴다.

그래 덤벼봐, 세상아!
그래도 나는 행복할 테니!

연애와 결혼

아주 오랜만에 후배 A에게서 전화가 왔다.
그녀는 나에게 다짜고짜 물었다.

"언니, 주소 좀 가르쳐주세요."

농담 삼아 "청첩장 보낼 생각이라면 알려주지 않겠다"고 했는데
진짜였다.
"그렇게 됐어요…"로 시작한 수줍은 결혼식 초대.

문득 그녀의 지난 사랑이 떠올랐다.

워낙에 예쁘기도 하지만,
무엇보다 이성을 홀리는 듯한 눈빛을 가진 그녀.
일하던 직장에서 그녀를 좋아했던 남자가
내가 아는 사람만 해도 세 명이 넘는다.

그런 그녀가 돌연 태국으로 떠나겠다고 했을 때, 조금 놀랐었다.
떠난 이유는, 좋아하는 남자 때문이었다.
그 남자가 태국으로 발령을 받아 가게 됐는데
그를 따라 자신도 가고 싶다고 했다.
결국 그녀는 태국으로 떠났고, 다시 한국으로 돌아왔을 때
그녀는 혼자였다.

"그는 바람 같은 친구였어요."

처음부터 결혼과는 어울리지 않았다는 그 남자 얘기를 하면서
그녀는 그를 바람 같다고 했다.
그녀는 지쳐 보였고, 눈웃음에도 엷은 슬픔이 보였다.

그랬던 그녀가,
이제 새로운 사랑을 만나 결혼을 하게 된 것이다.

"이 사람은 배려 깊은 친구예요."

그 남자가 뭘 하는 사람인지는 모른다.
그 남자의 나이가 몇 살인지도 모른다.
어떻게 생겼는지도 모른다.
하지만 이 모든 것이 어떻든 중요하지 않다는 생각이 들었다.
왜냐면, 그는 그녀에게 배려 깊은 남자니까.

연애는 바람 같은 남자와 해도
결혼은 배려 깊은 남자와 하는 게 더 행복하다는 걸,
이 나이쯤 되니 여러 사람을 통해 알게 되었다.
연애할 남자와 결혼할 남자를 구분해서 사귀자는 얘기가 아니라,
잠깐 볼 때 즐거운 남자와 평생 함께할 때 편안한 남자를
구분할 줄 알아야 한다는 얘기다.

그렇게 잘 알면서 너는 왜 여태 혼자냐고?
그러게 말이다. ㅠㅠ

우는 남자

점은, 꼭 믿어서가 아니라
그냥 재미삼아 꾸준히 보는 편이다.

이번 개편 때 일이 끊기지 않을까 궁금하기도 하고
사랑은 언제쯤 다시 찾아올까 궁금하기 때문이기도 한데,

결론적으로 말하면,
지금까지 본 점 중에 맞은 건 거의 없다.
다만 딱 한 번 맞아떨어진 적이 있었는데,

당시 점을 보러 간 곳은 허름한 다세대 주택.
신내림을 갓 받았다는 점술가가 동자를 불러내고는,
조만간 남자가 하나 나타나는데
그 남자는 눈물이 너무 많아 안 된다고, 딱 잘라 말했다.

눈물이 많은 남자?
술 먹고 막 우나?
여성스런 남자인가?
속으로 한참 궁금해했었는데,

136

어느 날, 생겨요

얼마 안 있어 소개팅이 들어왔다.
덩치가 좋아 여성스럽지도 않았고
좀처럼 울 것 같지도 않은 눈매였는데
이 남자,
눈물 많은 남자임이 확실한 결정적 증거를 잡았으니,
다름 아닌 카톡에서였다.

오늘은 늦게 일어났네요. ㅜㅜ
오늘 또 야근입니다. ㅜㅜ
하루 종일 머리가 아프네요. ㅜㅜ
내일은 특근해야 돼요. ㅜㅜ

아침 저녁으로 보내오는 메시지에,
이래서 'ㅠㅠ' 저래서 'ㅠㅠ'
온통 눈물바다다.

아, 눈물 많다는 남자가 이 남자구나.
그 뒤로 연락 끊고,
인연도 끊겼다.

당시엔,
나한테 왜 이렇게 징징거려? 내가 자기 엄마인 줄 아나?
철없이 생각했었다.
지금 생각해보면, 뭐 그럴 수도 있는 건데.
지금의 이해심이 그때도 있었더라면,
나는 눈물 많던 그 남자와 결혼했을까?

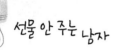

선물 안 주는 남자

"크리스마스에 선물 못 받아서 헤어졌어요, 저는."
이라고 말했다가 지인들에게 비난을 받은 적이 있다.

비난을 받더라도 솔직히 말하자면,
진짜로 크리스마스에 선물 안 줘서 그 남자와 헤어졌다.

그렇다고 내가 대단한 선물을 바랐던 건 아니다.
양말 한 켤레도 좋고, 카드 한 장도 좋다.
그저 그 선물을 고르고 사는 동안
나를 생각했다는 그 '마음'에 방점을 둔다.
게다가 크리스마스에 선물을 안 줬던 그놈은,
신앙 깊은 기독교 신자였기에
이해하기가 더욱 어려웠다.

그는 항변했었다.

"예수님 생일에 왜 네가 선물을 받아야 해?
나는 기념일 챙기고 무슨 무슨 날 챙기는 사람들 이해가 안 가더라.
생일도 미역국만 먹고 끝내면 좋겠어.
나는 지금껏 그렇게 자라왔으니까
나한테 기념일 챙기는 거 바라지 마."

그래서,
바라지 않으려고 헤어졌다.

우리 아빠는,
생일에 금일봉을 주실 때도 봉투에 편지를 써서 주시고
연말이면 엄마한테 가계부 딸린 여성잡지를 선물하시는 분이다.
우리 엄마는,
크리스마스가 되면 언니와 나에게 덧버선을 선물로 주시고
주고받는 양말에 정이 있다고 믿는 분이다.
그렇게 나는, 소박하지만 선물 주고받는 걸
소소한 재미로 알고 자라왔다.

그래서 그렇지 않은 집안에서 자란 남자와 헤어진 걸
잘했다고 생각했었는데….

근데 나이가 들고 보니,
나한테도 잘못이 있었음을 깨달았다.
나의 잘못은,
그도 나처럼 그래주기를 바랐다는 것.
지금은 그저 선물을 주는 그 기쁨만으로도 만족하는데
그때는, 내가 만원짜리를 사줬으니
못해도 9천원짜리는 받아야 한다는 마음이 강했다.

사랑 역시 그랬었다.
내가 널 사랑해줬으니 너도 나를 사랑해줘야 한다고.

하지만 이젠 안다.
사랑도, 선물도,
준 만큼 돌려받는 건 아니라는 걸.

때론 준 이상으로 넘치게 받을 수도 있고,
때론 준 것보다 부족하게 받을 수도 있고,
때론 아예 못 받을 수도 있고,
그게 사랑이고 선물이란 걸,
이제는 안다.

결혼의 이유

5년 전,
결혼하고 싶은 이유는 딱 두 가지였다.

하나는,
부모님 집을 벗어나 나만의 집을 갖는 공간의 독립.
또 다른 하나는,
불안한 프리랜서 돈벌이와 다른
안정적인 직장을 가진 남편의 수입.

이 중에서 독립은 이미 했으니 결혼의 이유에서 제외되었고,
그렇다면 남은 건 남편의 수입이다.

그래서,
연봉이 많든 적든 월급이 따박따박 들어오는
안정된 직업을 가진 남자가 배우자의 조건이었고,
개편 때 일을 못 찾은 작가들 중 결혼한 작가에게는,
"그래도 남편이 벌어다주는데 무슨 걱정이야~"
라고 말했었는데,

어느 날, 결혼한 작가 선배가 말했다.

"야, 그게 그렇지가 않다니까.
일 없으면 남편한테 쪽팔려.
그리고 둘이 벌어 쓰던 게 있어서
한쪽이 안 벌면 가계가 휘청해.
얘가 뭘 모르는구만."

오, 그래?
흠, 그렇다면 결혼해야 하는 이유 하나가 또 사라졌다.
그래서 결심했다.
이유가 있어서 결혼하는 게 아니라,
그냥 같이 살고 싶은 사람이 생겼을 때 결혼하기로.

이런 내 얘기를 듣고 누군가는 말하겠지.
쯧쯧, 평생 혼자 살겠구만.

사 영
랑 원
은 히

밀회

JTBC 드라마 〈밀회〉를 보며 생각했다.

"유부녀도 연애를 하는데…!"

불륜이 잘하는 짓이라는 게 아니라
말이 그렇다는 거다.

그러면서 드는 생각.
난 지금 연애를 시작해도 불륜은 못 하는구나.
왜냐, 남편이 없으니까.

불륜이 성립되려면,
적어도 두 명의 남자가 필요하고,
그중 한 명과는 결혼을 해야 하며,
또 한 명과는 연애를 해야 한다.

에라이.
평생 '밀회' 따윈 못 하고 살겠구만.

성당 결혼식

3월이 되니 결혼식이 정말 많아진다.
심지어 주말에는 하루에 두 탕 뛰어야 하는 날도 있다.

그날도 결혼식이 11시에 한 건, 12시에 한 건 있었는데
다행히 같은 강남권에 있는 성당 결혼식이라
두 결혼식 모두 늦지 않게 참석할 수 있었다.

그런데 다년간 결혼식에 참석해본 결과,
성당 결혼식은 신랑 신부에게는 매우 평온하고 아름다우나
하객에게는 그다지 좋은 예식은 못되는 것 같다.

성당 예식에서 부르는 노래를 비종교인은 따라부를 수가 없고,
하객에게 가장 중시되는 피로연 장소가 많이 협소하다.

이날 두 건의 성당 결혼식 모두 주차가 불편했음은 물론,
피로연 지하식당에도 자리가 없어
결국 서서 김밥 몇 개 주워먹다 돌아오고 말았다.

그래서 이런 거 저런 거 다 고려해볼 때
나는 결혼을 하게 되더라도 결혼식은 하고 싶지 않다.
물론 이런 얘길 엄마 아빠한테 하면,
뿌린 돈이 얼만데 그 돈 거둬들여야 한다며 펄펄 뛰시겠지만.

그냥 혼인신고만 하고, 가족끼리 좋은 식당에서 밥 한 끼 먹고,
그렇게 살면 안 되는 걸까.
왜 꼭 여러 사람 앞에서 결혼식입네 선포해야 할까.
결혼식이 조용해야 이혼할 때도 조용하게… 그렇게 되지 않을까?
라고 말하면, 나의 지인들은 이렇게 말하겠지.

그래, 지하실에서 결혼식을 하든 혼인신고를 하든
백 번이라도 할 수 있음 하라니까?
누가 말려? 하라고! 어떤 식으로든!!

네, 죄송합니다. 그냥 조용히 있을게요.

사랑의 역전

결혼한 지 1년쯤 되는 후배 A는
남자 쪽보다 자기가 더 많이 사랑해서 결혼했다.
그래서 당시 나는 '이 결혼 반댈세!'
속으로 여러 번 생각했었다.

결혼은,
내가 좋아하는 남자보다 나를 좋아해주는 남자와 해야 한다고
누누이 들어왔던 터라,
A의 결혼이 왠지 불안했다.

그런데 어느 날 A가,
생일에 남편이 써준 편지라며 종이 한 장을 보여주었다.

그 편지에는,
같이 살면 살수록 너를 더 많이 사랑하게 된다는 고백과
앞으로도 영원히 사랑하겠다는 맹세가
구구절절 담겨 있었다.

처음엔 A가 남편을 더 좋아했지만
이젠 남편이 A를 더 사랑하게 됐다는 증거가
편지에 고스란히 담겨 있었다.

그 편지를 보며
'이제 이 두 사람은 사랑의 전세가 역전됐구나.'
생각했다.

흔히, 더 많이 사랑하는 쪽이 지는 거라고 말한다.
그래서 상대보다 더 많이 사랑하면 손해라고 생각한 적이 있었다.

그런데 지금은 생각이 좀 달라졌다.
더 많이 사랑하는 쪽이 지는 건 맞지만,
전세는 역전될 수 있다.
더 많이 사랑하고 아낌없이 줄수록 역전의 가능성은 높아지고,
그리하여 결국엔
더 많이 사랑한 쪽이 최후의 승자가 되리니.

HAPPY
BIRTHDAY
TO YOU

뚜껑 올리고 싸

언니네 집에 갔더니
조카 주희가 종이에 뭐라고 쓰고 있다.
뭐 하냐고 물었더니,

"응, 주환이가 자꾸 변기 뚜껑 안 올리고 오줌 싸서
뚜껑 올리고 싸라고 붙여놓으려고."

그리고 잠시 후 화장실에 가보니
이렇게 쓰여 있다.

'박주환! 쉬 쌀 때 뚜껑 올리고 싸.'

고등학교 1학년생 주희와 중학교 2학년생인 주환이는
정말 자주 싸운다.
샤브샤브 먹다가 맨 마지막에 밥 볶을 때
서로 자기가 볶겠다고 싸우고,
포카칩부터 뜯어야 되는데 카라멜땅콩 과자부터 뜯었다고 싸우고,
그냥 '주환'이라고 부르지 왜 '박주환'이라고 '성'을 붙여
남처럼 부르냐고 싸우고,

누나가 자꾸 밥 먹을 때 방귀 뀐다고 싸우고,
생리적인 현상인데 방귀 좀 뀌면 어떠냐고 싸우고,
누나가 방귀 뀌어서 밥 안 먹는다고 싸우고,
5분 간격으로 싸우고 다시 낄낄거리고
또 싸우고 낄낄거리고.

언니가,
도대체 쟤들은 누굴 닮아 저러는 거냐고 물었을 때
나는 한 치의 망설임도 없이 대답해줬다.

"언니랑 형부."

밥 해놨는데 왜 라면 끓여 먹었냐고 싸우고,
사진 찍고 싶으면 혼자 외출할 것이지
왜 자기까지 끌고 나왔냐고 싸우고,
노란불일 땐 차 좀 멈추라고 싸우고,
술 먹고 전화해서 '데리러 오라'는 얘기하지 말라고 싸우고.

언니와 형부는 하루에도 몇 번씩 서로에게 전화해서
시시콜콜한 얘기를 나누다가
결국 시시콜콜한 일로 싸운다.

그런데 신기한 건,
그렇게 싸우고 나서도 한 시간 후쯤엔
또 아무 일 없었다는 듯 서로에게 전화해서
다시 시시콜콜한 얘기를 나누고,
그러다 또 시시콜콜한 일로 싸우기를 반복한다.

형부와 언니의 잉꼬 비결은
(본인들은 잉꼬 부부 아니라고 펄쩍 뛰지만)
아마 이런 싸움에 있지 않을까 싶다.

침묵하지 않고 싸우는 것.
끊임없이 수다를 떨다 싸우는 것.
싸움을 통해 서로의 감정을 알아가는 것.

부부도, 남매도, 부모 자식 간도
침묵하는 순간 그대로 멀어지리니.

이제, 자주자주 싸워야겠다.

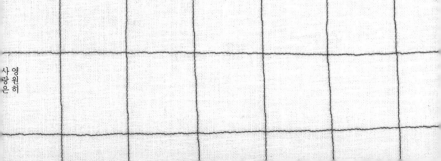

바닷가 연인

부산 국제 영화제를 보러 갔다가,
다음날 늦게 일어나는 바람에
예매해둔 영화를 보지 못하고
해운대 스타벅스에서 책을 읽은 적이 있다.

창가에 자리 잡고 앉아
책장을 몇 장 넘기다가 문득 창밖을 바라봤는데,
바닷가에 드러누워 있는 외국인 커플이 보였다.

커다란 타월 한 장을 깔고 누워 책을 읽고 있던 그 커플.
남자는 책을 읽다가,
문득 옆에 누워 있는 그녀가 사랑스러운지
이마에 키스를 하고 다시 책을 본다.
그러다 또다시 그녀에게로 고개를 돌려
자신이 보고 있는 책의 한 페이지를 보여주면,
여자도 함께 웃는다.
웃는 그녀가 사랑스러운지
그녀에게 입을 맞추고 다시 책을 보는 남자.

한 편의 영화 같고 한 장의 사진 같았던
그 장면이 퍽 인상적이었는지,
그 커플은 지금까지도 나의 롤모델이 되어 있다.

바닷가에 누워
함께 책을 보고, 함께 웃고,
함께 입맞춤할 수 있는 남자.

그런 남자,
만날 수 있을까?

며칠 전, 후배작가 A에게 이상형이 뭐냐고 물으니 이렇게 대답한다.
"개그콘서트를 같이 보고, 같이 웃을 수 있는 남자요."
그 대답 안에 얼마나 중요한 포인트가 있는지, 나는 안다.
함께 TV를 볼 수 있는 남자,
그리고 유머코드가 같아 함께 웃을 수 있는 남자.

"언니, 그런 남자 남아 있을까요? 그런 커플, 될 수 있을까요?"
"응, 그럼. 부산에서 그 비슷한 커플을 봤거든."

돼지 껍데기

세상에서 가장 무서운 소리가 뭐냐고 물으신다면,
주저 없이 '돼지 껍데기 굽는 소리'라고 답하고 싶다.

불판 위에 올려진 돼지 껍데기는
어디로 튈지 모르는 럭비공 같아서,
방심하는 사이 집게를 든 손등 위로 튀어오르기 십상이다.

돼지 껍데기 하니,
대학시절 소개팅에서 만났던 한 남자가 떠오른다.
얼굴은 전혀 기억이 안 나는데
신기하게도 함께 먹었던 메뉴만은 또렷하다.
그것은 다름 아닌, 돼지 껍데기.

소개팅 첫날 돼지 껍데기라니! 제정신이야?
라고 생각하겠지만,
당시엔 털털한 여자가 남자에게 사랑받던 시절이었다.
여자후배가 남자선배를, 성별은 묻지도 따지지도 않고
'형'이라 부르던 시절이었으니까.

소개남 우와! 돼지 껍데기 드세요?
돼지 껍데기 좋아하는 여자 처음 봐요.
그럼 돼지 껍데기에 소주 한잔 하실래요?

이렇게 시작된 소개팅 첫날의 돼지 껍데기 식사.
털털함을 보여줬으니
자, 이젠 여성스러움을 어필할 차례.

나 제가 구울게요.

그렇게 시작된 공포의 소리.
돼지 껍데기가 지글지글 익는 순간,
그중 한 조각이 내 손등으로 튀어오른다.

나 앗 뜨거워!

소개남 아이구 참, 아까부터 불안불안 하더라니~
돼지 껍데기는 겉면이 바닥에 깔리게 구워야 돼요.
안 그럼 천장까지 튈 수 있어요.
어, 탄다, 탄다! 뒤집어요!

벌게진 내 손등은 아랑곳 없이
타는 돼지 껍데기만 걱정하던 남자.

그날 털털한 이미지 전략이 먹혔는지 애프터를 받았지만,
나는 거.절.했.다.

지금도 소개팅을 나갈 때면,
어떤 이미지를 보여줘야 하는지 고심한다.

그래서 소개팅에서 보여주는 내 모습엔 가식이 70%쯤 섞여 있다.
소개팅 한 번 하고 오면 진이 다 빠질 정도니까.
이런 나에게 친구는 말했었다.
"그렇게 해서 얻어낸 애프터가 의미가 있어?
어차피 만나지도 않을 거라면서!"

그러게 말이다.
그런데 왜 '애프터 = 자존심'이라는 공식이 내 마음에 잠재돼 있을까.
이 쓸데없는 공식을 버리면
있는 그대로의 내 모습을 소개팅에서 보여줄 수 있을까?

아, 머리가 복잡해지면서
돼지 껍데기에 소주 한잔 하고 싶다.

사영
랑원
은히

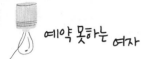

예약 못하는 여자

XX 보이프렌드가 했던 말이 있다.

"제발, 날 위해 한 번만이라도 예약 좀 해주면 안 되겠니?"

뭐든 즉흥적이고 되는 대로 생활하는 나에게,
그는 제발 단 한 번만이라도 나서서 맛집을 찾고
식당을 예약해달라며 화를 냈었다.

나 나는 그런 거 잘 못하는데… 그냥 니가 하면 되잖아.
그 1년 동안 나만 맛집 찾고 나만 예약했잖아. 이번엔 너도 좀 해.

당시 나는 되물었다.

"왜? 그냥 하던 대로 니가 하면 안 돼?"

그래서 우리는 헤어졌다, 라고 말하면 너무 극단적이고,
아무튼 이런 이유를 포함,
우리는 헤어졌다.

생 어
겨 느
요 늘

그 후에도 나는 여전히
영화도 예매 없이 즉흥적으로 가서 보고,
맛집도 그냥 무작정 가서 자리 나면 먹고, 안 나면 그만이고,
머리도 해주던 선생님이 나오셨으면 하고
안 나오셨으면 다른 분한테 하고,
그렇게 되는 대로 살았는데…

최근 나에게 예약 습관을 들여준 곳이 있었으니,
바로 네일샵이다.
태어나서 처음 네일 케어 받으러 가던 날,
예약을 안 했다는 이유로 무려 세 군데에서 퇴짜를 맞았다.
그냥 기다리겠다고 하는데도,
"예약 손님이 쭉 잡혀 있어서 오늘은 불가능하구요,
내일 전화로 예약 잡고 다시 오세요"라며 명함을 주었다.

세상은 이런 거였구나.

결국 세 군데에서나 퇴짜를 맞고
땀을 삘삘 흘려가며 마지막으로 들른 곳에서
간신히 네일 케어를 받을 수 있었다.

그날, 나를 배웅하던 사장님이 말씀하셨다.

"다음엔 꼭 예약하고 오세요.
오늘은 운이 좋았지만,
그냥 오시면 케어받으시기 힘들 거예요."

그날 이후,
네일 케어는 물론, 미용실 갈 때도 예약을 하고
극장 갈 때도 주말엔 꼭 예매를 한다.

어느 날, 예약 전화를 끊고 나서 문득 생각했다.

그때 내가 이렇게 예약을 잘하는 여자였다면
그와 헤어지지 않았을까?

지금 잘하는 일을 그때도 잘했더라면,
아마도 나는 지금쯤 아들딸 잘 낳고
4인 가구를 이루어 살고 있을지도 모르겠다.
그러나 지금 잘하는 예약을 그때도 잘했더라면
남편은 그때 그 남자가 아닐지도 모르겠다.

왜냐,
나도 잘하는 예약을 그도 잘한다는 게
그리 큰 매력으로 보이진 않았을 테니.

그러고 보니 그동안 나는,
나의 부족한 면을 채워주는 사람들에게만
매력을 느끼며 빠져들었던 것 같다.

흠, 이젠 반대로 살아보면 어떨까.
누군가의 부족한 면을 채워주는 사랑스런 여자가 되는 거지.
그것도 꽤 근사한 일일 것 같다.

나이 사기 사건

나이를 속이고 소개팅을 한 적이 있다.
(죄송합니다.)

원래 간이 콩알만 해서
그런 대범한 일 따윈 하지 못하는데,
실제 내 나이보다 두 살 어리게 속이고
나가게 되었다.

겨우 두 살 가지고 뭐? 할 수도 있지만,
사실은 두 살을 줄였어도
상대는 나보다 두 살 더 연하였으므로
실제 우리는 네 살 차이인 셈이다.

상대가,
두 살 연상까지는 괜찮지만 그 이상은 좀 곤란하다고 했고,
이런저런 사정으로 주선자는 이 소개팅을 취소할 수 없다 하여,
하는 수 없이 나이를 속일 수밖에 없었던 것이다.
(소개팅 하고 싶어 일부러 그런 거 아닙니다~)

76년생은 용띠.
76년생은 수능 세대.
나는 76년생. 나는 76년생.

순간적이지만,
어? 나 진짜 76년생 아닐까? 하는 착각이 들 만큼
나는 76년생과 혼연일체 되었다.

소개남 원래 방송작가가 꿈이었어요?
나 네. 고등학교 때부터 꿈이었는데, 근데요,
제가 대학교 3학년 땐가 별밤에 사연을 보냈는데
이문세 아저씨가 소개를 안 해줘서…
소개남 네? 이문세 아저씨는 96년도에 별밤 그만두셨는데?
제가 열혈 청취자였거든요.
나 아, 그랬나…? 왜 그러셨을까;;;;;;;;

그때부터
등에 땀이 나기 시작했고,

무슨 말을 하려다가도
'이거 또 연도가 안 맞는 거 아냐?' 하는 생각에
입을 다물었다.

결국 그날의 소개팅은 역대 소개팅 가운데
말을 가장 적게 한 침묵의 소개팅이 되었고,
헤어질 때 이런 말도 들었다.

소개남 주선해주신 분이 명랑한 분이라 그랬는데
말수가 별로 없으시네요.

그리고,
나이를 속이고 계속 만날 수는 없었으므로
그분과는 그렇게 Bye-.

세상에 비밀이란 게 있을까.
한 시간만 더 얘기했어도 다 들키고 말았을 그날의 사기팅.
한 번의 만남도 비밀을 품으면 이렇게 심장 떨리는데,
결혼 후에도 비밀을 간직하고 사는 부부들은 어떤 기술을 쓰는 걸까?

그러니까 결혼은 아무나 하는 게 아니란 말이지.

'나는 76년생'

옛 남자의 소식

우리의 사랑이 비록 깨지기는 했지만
언제 어디서든 그가 행복하게 지냈으면 좋겠어,
는 개뿔이다.

처음엔 정말 그런 마음이 있는 줄 알았다.
그래도 좋은 추억이 있으니 그도 나도 다 잘되면 좋겠다,
마치 이별 교과서에 나오는 어록처럼
그렇게 생각하며 살 거라 생각했다.

그런데 어느 날,
그를 소개해줬던 친구에게서 문자가 왔다.

친구 야, 걔네 회사 부도났대.
나 어?

당시 그래도 꽤 알아주는 중소기업이었기에,
코딱지만 하지만 일간지 한구석에 실렸던 그의 회사 소식.
간부들의 비리와 사장의 탈세 등등이 겹쳐
그가 다니던 회사는 법정관리인지 뭔지를 신청했단다.

순간 내 마음속에는,
'이제 그 사람 어떡하지?'가 아니라
'오호호, 그래? 오호호호, 그렇단 말이지?' 하는,
뭐라 딱 꼬집어 말할 수 없는 야릇한 심보가
가장 먼저 찾아왔다.

친구에게는
안됐네, 걱정이다, 했지만
사실 뭐 그다지 안됐다는 생각도 안 들고,
약삭 빠른 사람이니까 어디 다른 회사로 옮겨갔겠지 싶기도 하고,
당분간은 부인이 먹여 살려야겠구만,
뭐 그런 생각도 들었다.

그리고 그를 먹여 살려야 하는 부인이
내가 아닌 게 얼마나 다행인지, 오호호호,
하는 깨알 같은 생각들.

그러다 이내 마음을 돌려먹었다.
누군가 그랬지,
첫사랑이 잘살면 배가 아프고 못살면 맘이 아프다고.
그래, 옛사랑이 잘살 때 배는 아파해도
못살 때 놀부 심보는 부리지 말자.

그렇게 생각하니 옛 남자의 소식에
마음이 조금 짠해진다.

오래된 죄인

내 침대 옆에는
침대와 나란하게 긴 책장이 놓여 있다.

그래서 옆으로 누워 눈을 뜨면
책장에 꽂힌 책들이 보인다.

어느 날 아침 눈을 떴는데
나와 정면으로 마주친 책.

《지금 사랑하지 않는 자 모두 유죄》

아,
난 너무 오랫동안 죄를 짓고 있다.

사 영
강 원
은 히

빨간 우산

그 저… 어디까지 가세요?
나 네? 저 위쪽…
그 마침 저와 같은 쪽이네요. 우산 하나로 걸어갈까요?

김건모의 노래 '빨간 우산'의 가사 얘기가 아니다.
갑자기 소나기가 내리던 어느 날,
정류장에서 집까지 걸어가는데
(비가 와도 절대 뛰지 않는 이 무거운 몸)
한 남자가 다가와 우산을 씌워줬다.

그 어디까지 가세요?

너무 놀라버린 나는, 화를 낼까 웃어버릴까 생각하다가
불같이 화를 냈다.

나 됐거든요?!

이 남자가 미치지 않고서야 왜 나한테 이런 친절을?
이라고 생각했던 나는,

그를 철저히 치한(좀 더 심하게는 인신매매)이라 단정하고
거의 다 왔으니 됐다고, 혼자 가시라고 하면서
가방을 우산처럼 머리에 쓰고 그를 앞질러 뛰어왔다.
그때 어이없어 하면서도 멋쩍어하던 남자의 표정이라니!

100m 달리기 25초의 기록을 갖고 있는 나는
아무리 뛰어도 그의 손바닥 안이었고,
비 쫄딱 맞고 대문 앞에 도착했을 때
그가 우리 옆 빌라에 사는 남자라는 걸 알게 됐다.
(어쩐지! 어디서 한 번쯤 봤다 싶었는데!)

나와 눈이 마주치자
그는 나를 쌩까고 빌라로 들어갔고,
나는 비 맞은 생쥐 꼴로 대문 앞에서 열쇠를 찾다가
짜증이 나서 대문을 발로 차고,
결국 엄마한테 뒤지게 혼났다. 동네 시끄럽다고.

그게 벌써 몇십 년 전의 일이다.
그렇게 20대를 철벽녀로 보내고
30대가 되어서야 속된 말로 '홀리는 법'을 알게 됐지만,
아무리 홀려도 따라오는 남자는 없고….

아, 잠깐 눈물 좀 닦고 갈게요.

그래서 만약 20대로 다시 돌아간다면
'교태로운 20대'를 보내보고 싶다.
교태로운 20대를 보냈다면
남자 잘 보는 현안을 가진 30대가 되었을 테고,
40대인 지금쯤엔
화려한 과거를 곱씹으며 피식피식 웃고 살고 있지 않을까.
(실제로 내 주위에는,
20대에 놀 대로 놀아본 날라리들이 결혼을 제일 잘했다)

그러니 20대여~
인생을 조금 더 산 선배 입장에서 말하노니,
사랑에서건 일에서건 부디 '철벽'에서 벗어나길.
마냥 안전한 삶이 훗날 더 위험한 삶을 초래할 수 있나니.

나는 누구인가

지인의 소개로 용하다는 분에게 사주를 보게 되었다.
(거듭 말하지만, 그렇다고 내가 뭐 사주, 점, 타로 이런 것들을
철석같이 믿고 신봉하는 그런 사람은 아니다! ^^;;)

이번 사주 쌤은 전화로만 보시는 분인데
생년월일과 태어난 시간만 알려주면
주~욱 사주를 읊어준다.

뭐… 다른 것도 다 궁금하지만
싱글 여성이 궁금한 건 아무래도 애정운 아니겠나.

30대 초반까지만 해도 사주나 점을 볼 때
"결혼 언제 해요?" 물었었는데,
이젠 "연애 언제 해요?" 묻는다.
그만큼 결혼은 나에게
별 의미 없는 미래가 되었다.

생
거
요, 널

나 제 연애운은 어때요?

사주 쌤 (단호하게) 남자를 쳐내는 사주예요.

나 네? 제가요? 아닌데요. 저는 남자를 환영하는데요!

사주 쌤 (단호하게) 말만 그렇게 하고, 남자를 내려다보고 있잖아요.

나 제가요? 아닌데요. 저는 남자를 우러러보는데요….

사주 쌤 (단호하게) 사주에 결혼이 아직 없는데, 현재 어떤가요?

나 네! 결혼 안 했어요! 어떻게 아셨어요?

친구에게 이 얘기를 하며 용하지 않냐고 물었더니
친구가 이런 말을 한다.

친구 니가 처음부터 연애운이 어떠냐고 물었잖아.
그러니까 당연히 결혼 안 했다고 생각하는 거지.
유부녀가 연애운 묻는 거 봤냐?

듣고 보니 그렇다.

친구 그리고 나도 사주나 토정비결 볼 때 제일 많이 듣는 말이,
'결혼 일찍 했으면 이혼했다' '결혼생활이 어렵다'
'아직 결혼 안 한 건 정말 잘한 거다' 그런 거야.
원래 나이 든 싱글한테는 위로 차원에서 다 그런 말 해.

하긴, 결혼 적령기를 넘긴 싱글 여성에게
늦게 결혼할수록 잘산다는 말처럼
마음 편한 얘기가 또 어디 있을까.

끝으로 사주 쌤은 이런 말을 덧붙였다.
"연애는 지금도 마음만 먹으면 할 수 있어요.
눈만 좀 낮추면 돼요."

41년간 들어온,
'눈이 넘 높은 거 아니에요?'란 말을 여기서 또 듣네.
아이구야, 몇 번을 말해요.
늦게까지 결혼 안 한 싱글들요~ 절대 눈 안 높아요.
다만, 이런 건 있죠. 좀 까다로운 거. 헤헤.

32세 싱글 여성인 그녀는 소개팅을 앞두고 있었다.
그래서 물었다.

"사진 봤어? 요즘은 카톡에 자기 사진 올려놓는 사람도 많잖아."
"안 봤어요. 연락처 저장도 안 했거든요."

왜냐고 물으니, 그녀가 휴대폰을 만지작거리며 대답한다.

"번호를 저장하면 카톡에 자동으로 친구 맺기가 되잖아요.
그게 싫더라고요. 소개팅 날 하루 보고 끝날지도 모르는데
친구로 등록된다는 게 싫어요. 친구 끊는 것도 일이거든요."

심히 동감한다.
내 카톡에도 그런 식으로 친구 맺기가 된 남자들이 많다.

얼굴은 물론이고 이름조차 기억나지 않는 남자들.
휴대폰에 '소개남' '소개' '소개팅' '그' '남자 1'
등등으로 저장된 이들은,
십중팔구 소개팅에서 한 번 만나고 인연이 끝난 사람들이다.

언제 한 번 날 잡아 지워야지, 지워야지, 하면서도
귀찮아서 혹은 지우는 것조차 의식되지 않을 만큼 무관심해져서
그대로 남겨진 친구 아닌 친구들.

오늘 밤, 휴대폰을 들고 연락처를 쭉 훑어본다.
그리고 '소개남' '소개' '소개팅' '그' '남자 1'
등등으로 저장된 번호를 지워나간다.
그들에겐 '잊힐 권리'가 있으므로.
그러다 문득 궁금해진다.
그들 휴대폰에도 아직 내 번호가 있을까?
그들은 나를 언제쯤 지우게 될까?

계산적인 사랑

열 살 연하의 남자와 사랑에 빠진 후배가 있다.
회식을 하다가 바로 옆자리에 앉아 있던 그와
어떻게 어떻게 말을 섞게 되었고,
합석하여 술을 마시다가
집 방향이 같아 함께 택시를 타고 가며 수다를 떨게 되었는데,
다음날 그 남자가 집 앞에 찾아와 묻더란다.

"누나, 나랑 진지하게 사귈래요?"

열 살이나 어리다는 점이 부담스럽기도 했지만
워낙 말이 잘 통했던 터라,
사귄다고 뭐 오래가겠어? 싶었던 후배는
가벼운 마음으로 오케이했는데,
그 만남이 현재까지 2년 넘게 이어지고 있고
결혼 이야기까지 오가고 있는 것이다.

그런데 문제는 양쪽 집안.
남자 쪽 아버지가 먼저 반대 입장을 표명해왔다.
명문대에 보내놨더니 하라는 공부는 안 하고

학생 신분으로 열 살이나 많은 서른다섯 살 여자와 결혼하겠다니,
또 후배에게는, 나이도 많은데 왜 그렇게 생각이 없냐고
내 아들을 놓아주라며 강력하게 반대하고 나오신 것이다.
또 그 얘기를 들은 후배의 아버지는,
곱게 잘 키운 내 딸이 뭐가 부족해서 이런 결혼을 해야 하냐,
그런 집안에 시집 보낼 생각 없다며 반대를 하고 나오신 것이다.

결국, 남자는 이 혼란의 틈바구니 속에서 입대를 했고,
후배는 그의 제대를 기다리는 중이다.

나에게 그럴 권리는 없지만
누군가 이 결혼에 대해 어떻게 생각하냐고 묻는다면
"반대일세!"라고 말해줄 것이다.
그 이유는,

첫째, 나의 후배는 무척 현명하고 상냥하며
사랑받고 자란 티가 나는 여자인데
이런 후배가 왜 그런 대접을 받아야 하는지 모르겠고,
둘째, 그깟 나이 어린 게 뭐 대단한 권력이라고
유세를 떠는지 모르겠으며,
셋째, 결국 제대하고 취업할 때까지 그를 먹여 살려야 할 사람은
나의 후배인데 고생길이 너무 훤한 건 불 보듯 뻔하고,
(아무리 후배가 탄탄한 직업의 은행원이라지만 말이다!)
넷째, 이 세상에 나의 후배와 어울리는 더 좋은 남자도 많기 때문에
이런 손해 보는 결혼을 할 필요가 없는 것이다.

그러나 나의 생각과는 달리
후배는 해맑게 웃으며 그와 결혼할 뜻을 굽히지 않았다.

후배 현실을 생각하면 깝깝하죠.
근데 그를 보면, 그런 계산 안 하게 돼요.
정말 좋아하는 건가 봐요.

좋다는데 말릴 수도 없고,
그들의 사랑이 눈물 나게 아름답기도 하고,
해서 그냥 이 한 마디만 해주었다.

나 야, 혹시 남자 쪽 어머니가 찾아와서
헤어져달라고 돈 봉투 내밀거든 일단 받아.
그리고 나중에 결혼할 때 살림에 보태 써.
드라마와 다르게, 돈 받고 안 헤어지는 현실적인 여자가 돼봐.

그날 밤, 생각했다.
내가 여태 혼자인 이유는
계산적으로 남자를 만나왔기 때문일 거라고.
후배처럼 '그런 계산' 안 했다면 난 지금쯤 혼자가 아니겠지.

그러나 누군가
"이제 깨달았으니, 그럼 앞으로는 계산 없이 만날 자신 있니?"
라고 묻는다면, 나는 고개를 저을 것이다.

대신 지금 하는 계산은
20대에 했던 계산과는 완전히 다르다.
20, 30대 때는 '외모와 스펙'을 계산했다면,
지금은 '그의 마음과 됨됨이'를 계산할 것이다.
20, 30대 때는 '내가 어떤 손해를 볼까?' 계산했다면,
지금은 '그에게 손해를 입히는 건 아닐까'를 계산할 것이다.
그리하여 계산의 결과,
혹시 내가 부족하여
그에게 손해를 끼칠지도 모른다는 결론이 나온다면,
나는 더 좋은 사람이 되려고 노력하여 그 손해를 만회해줄 것이다.
'계산 없는' 사랑? 아니, 나는 더 철저히 '계산적인' 사랑을 할 것이다.
내가 아닌, 그가 손해보지 않도록 하기 위해서.

썸

회식 자리에서 후배가
휴대폰을 붙들고 하도 문자질을 하길래 슬쩍 물었다.

"너 연애하니?"

그러자 단호하게 대답한다.

"아뇨. 그냥 썸 타는 건데요."

언제부턴가 유행어처럼 번지고 있는 말, 썸.
'썸'이란 단어는 요즘 유행하는 거지만
사실 내가 30대였던 때도 '썸'은 있었다.
다만 그게 '썸'인지 몰랐을 뿐.

친구도 아니고 그렇다고 연인도 아닌 그냥 알고 지내던 남자와
금요일 밤엔 술을 마셨고,
주말엔 의미 없이 영화도 봤다.
그리고 사귀는 사이가 아니었기 때문에
이런 말도 서슴없이 했었다.

썸남 우리 마흔까지 결혼 못 하면, 너랑 나랑 그냥 결혼하자.

그때는 '설마 내가 마흔까지 혼자겠어?'라고 생각했기 때문에
흔쾌히 "그래, 낄낄낄~"했는데
나, 지금 마흔한 살이다.

그러던 며칠 전,
그 썸 타던 남자에게 슬쩍 카톡을 던져보았다.
그도 아직 싱글이었기에
예전에 우리가 했던 약속을 기억하고 있는지 궁금했다.

나 야, 마흔까지 결혼 못 하면 결혼하자며. 어떻게 할래?
그 100세 시대인데 일단 쉰까진 기다려보자.

이걸 그냥, 확 그냥~!

그날,
역시 썸남은 썸남일 뿐 애인은 아니라는 사실이 입증되었다.

어쨌거나,
썸은 연애만큼이나 생활에 활력을 주는 것 같다.
회식 자리에서까지 발그레한 표정으로
휴대폰을 놓지 못하는 후배를 보면 말이다.

그럼 어디 보자, 올 겨울엔 나도 썸 한번 타볼까나?

PART 3

세상과
관계 맺기

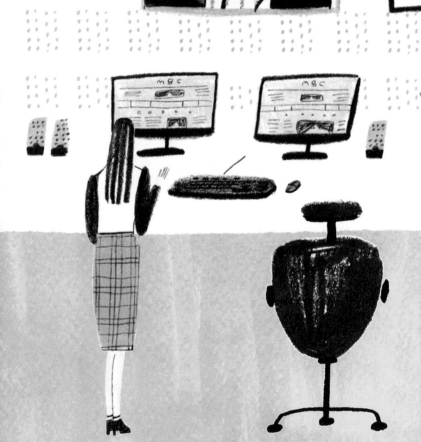

혼자 산다는 건 오렌지 비앙코 같은 것.
때론 씁쓸하고 때론 상큼한 것.

직업병

방송작가가 된 후 얻은 직업병이 두 개 있다.

하나는, 침묵의 순간을 견디지 못한다는 것.
소개팅에 나가서도,
소위 말하는 '마가 뜨는' 그 침묵의 순간이 너무 불편하다.
방송은 3초만 아무 소리 안 나가도 방송사고로 이어지기 때문에
잠시도 정적이 흐르면 안 되는데,
나는 그 강박증을 소개팅 자리에서도 못 버리는 것이다.

'너도 말 좀 해라, 제발 말 좀 해'라고 주문을 걸며
끊임없이 재잘거리고 있었던 나.
그리고,
'나도 말 좀 하자, 말 좀 해'라면서
끊임없이 고개를 끄덕이고 있었을 그.
아, 부끄럽다.

두 번째로 얻은 직업병은, 맞춤법에 민감하다는 것이다.
남자친구에게서 온 문자에,
'돼요'와 '되요', '안'과 '않'이 잘못 찍혀 오면

그게 그렇게 화날 수가 없다.

한번은, 소개팅 후 두 번째 만나는 남자와
교외로 드라이브를 가기로 했는데 그가 말했다.

그 양수리 어떠세요?
나 좋죠.

이내 그는 내비게이션에 '양수리 영화촬영소'라고 찍었고,
나는 기겁했다.

나 저기요, '영화촬영소' 아니거든요?
그 그럼 '영화촬영장'인가요?
나 아뇨! 촬, 아니고 촬, 이거든요?
그 그러니까 '영화촬영장'요.
나 아뇨! '촬'이라고요. 촬! 촬!!

버럭 '촬'을 질러놓고 순간 뜨끔했다.
사실 그렇게까지 발끈할 건 없었는데….

아, 이놈의 직업병!

이런 두 가지 직업병 때문에 여태 혼자인 거라고 우기면
아무도 안 믿겠지?
네, 그럴 줄 알았습니다.

향기가 냄새로 남을 때

서른일곱 살 되던 해였던가,
방송국에서 누군가 노총각 피디 흉보는 얘기를 들었다.

"진짜 노총각 냄새가 있긴 있는 거 같애.
옆에 가면 꾸리꾸리한 냄새나잖아."

그때 제일 먼저 들었던 생각이,
'혹시 나한테도 노처녀 냄새가 나는 건 아닐까?'였다.

'노처녀 냄새'라는 게 정확히 뭔지는 몰라도
왠지 그냥 그런 거 있지 않나?
노~처녀어~스런 냄새.

지금도 가끔씩 쿵쿵 내 몸의 냄새를 맡아본다.
'설마 노처녀 냄새가 나는 건 아니겠지?'라며
티트리 오일도 발라보고,
한방샴푸로 머리도 감아본다.

그런데 며칠 전,
한 후배가 말했다.

"언니, 언니한테서 한의원 냄새 나요.
침 맞으러 다니세요?"

이럴 수가!
노처녀 냄새도 아니고, 한의원 냄새라니!
그날 이후,
한방샴푸도 끊고 티트리 오일도 자제하고 있다.

한때 인기를 끌던 노래 중에
'사랑은 향기를 남기고'라는 노래가 있었다.
나와 헤어진 남자들, 나를 생각하며 이렇게 말하는 건 아니겠지?

"그녀에게선 늘 한의원 냄새가 났어요.
커피 대신 쌍화탕을 즐기는 것 같았죠."

향수 사러 가야겠다.

무슨 말을 못 하겠네

남들은 날이 풀렸다는데 나는 왜 춥지? 라고 말하면,
주위에서 이구동성으로 이렇게 대꾸한다.

"남자가 없어서 그래!!"

요즘은 왜 먹어도 먹어도 배가 고프지? 라고 말하면,
주위에서 이구동성으로 이렇게 대꾸한다.

"남자가 없어서 그래!!"

요즘은 사소한 일에도 자꾸 화가 나, 라고 말하면,
주위에서 이구동성으로 이렇게 대꾸한다.

"남자가 없어서 그래."

무슨 말을 못 하겠다.
결혼 안 한 싱글 여성들에게 일어나는 모든 일의 원인을
'남자가 없어서'라고 풀이하는 이 불편한 세상.

왜 마흔은…

혼자 살고 있는 내 친구 A.
어느 날 은행으로부터 전화 한 통을 받았단다.
VIP 담당 직원이라면서 특별관리 해드리겠다고.
특별관리라니까 괜히 기분도 좋고
또 어차피 적금 하나 들어야겠다 생각했던 터라
호의적으로 전화를 받고 있었는데,
은행 직원이 던진 치명적인 한마디.

"근데 고객님,
자녀 앞으로 적금이 없으시네요."

아놔.
잘 나가다가 꼭 이런다니까!

친구 A 저, 자녀 없는데요.
직원 아, 그럼 남편분 앞으로…
친구 A 저기요, 저요, 남편도 없고 자녀도 없고 시댁도 없어요.
결혼 안 했거든요! 그럼 이만 끊겠습니다!

A가 물었다.

"왜 사람들은 마흔 여자에겐
반드시 자식이 있을 거라고 생각할까?"

글쎄,
왜 그럴까?

하긴, 나도 10년 전만 해도 마흔이 되면 애가 있을 거라 생각했다.
이렇게 애도 남편도 시댁도 없을 줄, 진정 난 몰랐었네. ㅋㅋㅋ

그 술 잘 드세요?

나 아뇨, 체질적으로 몸에 알콜 분해효소가 없어서.

그 담배 피우세요?

나 전 담배 못 피우는데.

그 노래방 자주 가요?

나 아뇨, 음치라서.

그 클럽은요?

나 몸치라서 안 가요.

그 아, 운전 오래 하셨다고 들었는데,

여기저기 드라이브 다니는 거 좋아하시죠?

나 아뇨, 길치라서.

소개팅에서 처음 만난 그는

한숨을 내쉬더니 심각하게 물었다.

그 그럼 도대체 스트레스는 어떻게 푸세요?

나 아, 제가 원래 스트레스를 잘 안 받는 스타일이에요.

그래서 저 때문에 주위에서 스트레스를 받죠.

아무리 스트레스를 줘도 안 받으니까. ㅎㅎㅎ~

그런데 내가 '스트레스 안 받는 스타일'이 아니라는 걸
며칠 전 병원에 가서야 알았다.

목젖 부근이 자꾸 눌리는 증상이 나타나 네이버에 찾아보니,
한 지식인께서 '갑상선암'을 의심해봐야 한다기에
겁을 먹고 외과에 갔다.

초음파로 이런저런 검사를 해본 후
의사 왈,

의사 갑상선에는 이상이 없어요.
그렇다면 여러 가지 정황상 식도염이 의심되는데….
나 (암이 아니라기에 기분 좋아져 나도 모르게 톤 높아지며) 맞아요!
제가 역류성 식도염이 있어요! (자랑이다. 쯧)
의사 증세가 심해지면 내과에 가서 위산 억제제 드세요.
스트레스 받지 마시고.
나 저 원래 스트레스 안 받아요.
의사 이 증상은 스트레스가 많아도 나타날 수 있어요.
나 저 스트레스 안 받는다니까요. (참 해맑다. 쯧)
의사 (약간 짜증) 그게 본인은 안 받는다고 생각할 수도 있지만…
나 진짜 안 받아요!
의사 (화냄) 아 글쎄, 그건 본인이 둔해서 그런 거고
몸은 스트레스에 반응한다니까요!

그런 거였다.
스트레스를 안 받는 스타일이 아니라 받아도 잘 못 느끼는,
그러나 몸은 반응하는.
한마디로,
'스트레스를 안 받는다고 믿고 있지만
실제로는 대단히 받고 사는'
둔한 스타일이었다.

목젖이 더 눌리고
위산이 식도로 역류되어 또 병원에 가기 전에
스트레스 해소법을 찾아야겠다.

나만의 스트레스 해소법 찾기!

배드민턴?

그건 둘이 쳐야 하는데….

술?

술은 혼자 마시냐?

수다 떨기? 벽 보고 수다 떨게?

맛있는 거 먹기?

혼자 먹다가 눈물 나지 않을까?

우쒸, 스트레스를 혼자 풀 순 없는 거야?

아, 스트레스 쌓여~

학창 시절,
시험 기간만 되면 그렇게 책상 정리를 했었다.
책을 펴놓고 앉아 있다가,
공부가 안 되는 이유가 환경 탓인 것만 같아
기를 쓰고 책상 정리를 했다.
책상 정리를 하면서 '괜찮아, 오늘 밤새워서 공부하면 돼'라며
스스로를 안심시켰는데,

마흔이 넘어선 지금도 그 짓을 하고 있다.
써야 할 원고가 태산인데,
노트북을 켜놓고 앉아 있다가
글이 안 써지는 게 환경 탓인 것만 같아
기를 쓰고 방청소를 한다.
나이가 든 만큼 스케일도 커져서,
학창 시절엔 책상 정리였지만 지금은 아예 가구 배치를 바꾼다.
방청소를 하면서 '괜찮아, 오늘 밤새우면 다 쓸 수 있어'라며
스스로를 안심시키는 것까지 학창 시절과 똑같다.

결국,
예전에도 그랬듯이 청소에 기운을 쪽 뺀 나는
밤을 새우기는 개뿔,
그 어느 때보다 숙면을 취한다.

그리고 다음날, 문자를 보낸다.
(용기가 없어 전화는 못한다. ㅜㅜ)

"저, 제가 어제 많이 아팠어가지고요.
혹시 원고, 모레까지 보내드리면 안 될까요?"

그리고 오케이 답문이 오면,
또 잔다.
이번엔 맘 편하게.

세 살 버릇이 일단 마흔한 살까지 가는 건 분명하다.
여든까지 가는지는 좀 더 살아봐야 알 것 같다.

등을 펴라!

어느 날, 막내작가가
일하는 내 모습을 사진으로 찍어 보여준 적이 있다.
파파라치 컷처럼 나 몰래 찍은 몰카였다.
그런데 그 사진을 보고 정말 깜짝 놀랐다.
너무 예뻐서…는 물론 아니고,
사진 속에 마치 칠순을 바라보고 있는 듯한
어르신이 보였기 때문이다.
구부정한 어깨와 피곤에 전 눈매…
내가 평소에 이런 자세로 앉아 있었던 건가,
정말 놀라웠다.

아무리 나이가 들면 등이 굽는다지만,
아무리 컴퓨터를 많이 쓰면 어깨가 반듯할 수 없다지만,
이건 무슨 거북이도 아니고… 아, 충격!

생
겨
요,
어
느
넌

그다음날로 필라테스 학원에 등록했다.
무려 4개월치를 한꺼번에 끊었다.

필라테스가 내 자세를 얼마나 바로잡아줄지는 모르겠다.
그러나 필라테스를 한 후 한 가지 달라진 건 있다.
의식적으로 허리를 펴고 앉는다는 것.

그렇지 않아도 잘난 사람들 때문에 기죽는 세상,
등과 어깨마저 펴지 않는다면 내 자신은 더욱 초라해질 거다.

문득 '어깨 쭉 펴자!'라는 공익광고가 생각나면서,
피자가 먹고 싶군.
흠.

굳은 건 마음

필라테스 선생님이 내 옆으로 와서
조금 더, 조금 더, 를 외쳤다.

"배에 힘 주고 다리 조금 더 들어올리세요.
 조금 더, 조금 더!"

그러나 내 다리는 더 이상 들리지 않았고
오히려 서서히 내려갔다.
선생님은 지금껏 그 어느 수강생에게도 하지 않은
한마디를 뱉으셨다.

"회원님, 파이팅!"

선생님의 파이팅까지 받은 몸이지만
이 몸은 유연해질 줄 모르고,
다리를 들어올릴 때도 몸통을 들어올릴 때도
그저 남들의 반쯤만 휘어진다.

한때는
몸치이긴 해도 유연성은 꽤 있는 편이었는데,
운동을 하도 안 해서 몸이 굳어진 모양이다.

그리고,
몸처럼 마음도 굳어진 걸까?
좀처럼 사랑에 유연해지지 않는다.
한때는 쉽게 누군가를 좋아하기도 하고
또 쉽게 뒤돌아서기도 했는데,
지금은 누구를 좋아하는 것도 뒤돌아서는 것도
영 뻣뻣하기만 하다.

굳은 몸은 필라테스로 푼다지만
굳어버린 이 마음은 무엇으로 풀어야 할까.

1년에 딱 한 번

21

1년에 딱 한 번 몸무게를 재는 여자가 있다.
나다.

누구는 매일 아침 체중계에 올라간다고 하고
누구는 목욕탕 갈 때마다 몸무게를 잰다고 하는데,
나는 1년에 딱 한 번, 종합건강검진 받을 때만 몸무게를 잰다.

그 이유는, 상처받고 싶지 않아서다.
그렇게 많이 먹고 다니는데,
그렇게 폭식을 하고 어느 때는 하루 네 끼, 다섯 끼를 먹는데,
살이 안 찌면 그게 더 이상한 거라고 생각하기 때문에
굳이 늘어난 몸무게를 눈으로 확인하고 싶지 않은 것이다.

대신 건강검진 보름 전부터는 식단 조절에 들어간다.
야식은 가능한 한 먹지 않고 열량 높은 음식도 자제한다.
그리고 내시경 때문에 전날 오후부터는 쫄쫄 굶고 가니까,
몸무게를 재면 생각했던 것보다 괜찮게 나온다.

생 어
거 느
요, 넙

이런 얘길 했더니,
같이 일하는 후배가 물었다.

"언니, 그게 무슨 의미가 있어요?"

그러게.
363일 살찐 채로 있다가
단 이틀 1~2kg 빠진 채로 있는 게 무슨 의미가 있을까?
결국 그건 정확한 내 체중이 아닌데
그게 왜 나의 체중이라고 믿고 사는 걸까?

아마도 자기보호본능일 것이다.
그래야 자신감을 갖게 될 테니까.
최고 좋을 때의 모습이 평상시 내 모습이라 믿고 사는 거,
그게 잘난 사람 많은 이 세상에서
상처받지 않고 살아가는
나만의 생존 방법이다.

세상과 관계 맺기

수면 내시경

이별하고 얼마 안 있어
수면 내시경을 받은 적이 있다.

"자, 이 마우스피스 입에 물고 계시고요.
 진정제 투여하겠습니다."

거기까진 들었는데
그 이후 기억이 전혀 없다.
정말 너무나 놀라울 정도로 기억이 없다.

사랑했던 기억을

수면 내시경 할 때처럼 지워버릴 수 있다면 얼마나 좋을까.

이별한 사람들이 기억을 지우는 병원에 찾아가
수면 내시경을 받는 거다.

"자, 기억 마우스피스 입에 물고 계시고요.
진정제 투여하겠습니다.
자고 일어나면 사랑했던 기억은 사라지고 없을 거예요."

그리고 깨어나면 누구나 이렇게 말하는 거다.
"무슨 일 있었어요?"

와, 이렇게 될 수 있다면 그 병원 대박날 텐데….

그런데 그게 얼마나 바보 같은 생각인지, 지금은 안다.
사랑하고 이별하고, 좋아했다 상처받고, 상처 주다 후회하고,
그런 추억이 없다면 지금의 나는
정말 아무것도 아닌 사람 같을 테니까.

감정의 소용돌이를 겪고,
그놈하고 결혼 안 하길 참 잘했네 하며 혼자 피식 웃기도 하고,
그러다 가끔씩 누군가를 그리워도 하고,
그렇게 살고 있는 내가 참 마음에 든다.

예방주사

필라테스 학원에 갔다가,
같은 건물에 있는 여성병원에 가서
계획에도 없던 자궁경부암 예방주사를 맞고 왔다.

엘리베이터 벽에 붙은 자궁경부암 예방 포스터 한 장에
느닷없이 주사 맞기를 결정하다니,
내 귀가 얇은 건 알았지만 이렇게까지 얇은 줄은 몰랐다.

1차로 한 대 맞고 (총 3차까지 맞아야 한다.)
집에 와서 '자궁경부암 예방주사'에 대해 검색해보니,
안전성에 대해 이러쿵저러쿵 말도 많고
과연 예방이 되는가에 대해서도 얘기가 많았는데,
뭐, 이미 맞았으니 효과가 있다고 믿는 수밖에.

그런데 그날,
예상치 못한 아픔이 찾아왔다.
주사 맞은 팔이 뻐근할 거란 경고는
이미 병원에서 들은 바 있었지만
식은땀이 날 거란 얘긴 듣지 못했는데,

팔다리가 쑤시는 건 물론이고
기운이 없고, 식은땀이 나고, 몸이 무거웠다.
그렇게 밤새 앓다가 아침에야 컨디션을 되찾았는데…

그날 깨달았다.
아, 예방주사도 아플 수 있구나, 하고.

그동안 흔히 '예방주사 맞았다고 생각해'라는 위로를 해왔었다.
그런데 그 말이 얼마나 의미 없는 말인지 이제 알 것 같다.
왜냐면, 예방주사만으로도 많이 아플 수 있기 때문이다.
그리고 예방주사를 맞았다고 해서
반드시 그 병으로부터 안전한 것도 아니다.
어쩌면 세상에 예방주사란 없는지도 모르겠다,
그저 매를 먼저 맞듯이, 먼저 맞는 주사만 있을 뿐.
(2차 접종 때 물어보니, 보통 그렇게 열이 나는 부작용은 없단다.
나는 그냥 특수한 케이스였나 보다.)

또 이렇게 돈 버리기

필라테스 학원에서 전화가 왔다.

학원 회원님, 사물함 비워주셔야 되는데….
나 아, 네.

네 달을 한꺼번에 끊어놓고 두 달도 채 다니지 않았는데,
벌써 기한이 다 지나다니….

생각해보면,
나란 인간은 매번 이런 식이다.
헬스도 3개월만 끊어도 될 걸,
길수록 할인 폭이 크다고 해서 6개월 끊었다가
두 달도 채 안 다니고 돈만 버렸다.

이런 나에게 혹자는 말했다.
헬스장 가서 샤워라도 하고 오라고.
돈이 아깝지도 않냐고.

미안한데,
샤워하러 가기가 더 귀찮다.

필라테스 학원 사물함에서 짐을 찾아 나오는데
스스로가 너무 한심해 우울해졌다.
왜 뭘 하나 꾸준히 못할까?
앞으로 한 번 더 이렇게 살면, 내 손에 장을 지진다.
진짜야, 진짜라구!!

집에 왔는데 현관문에 전단지가 붙어 있다.

'테니스 대폭 할인. 개인교습 가능합니다.'

우와, 테니스나 배워볼까?
6개월치 한꺼번에 끊으면 할인되지 않을까?

나란 인간, 구제불능 같다.
다녀올게요. 손에 장 지지러 갑니다. ㅜㅜ

요리학원

요리에 젬병인 나지만
한때는 요리학원에 다닌 적이 있다.

30대 초반,
신촌에 있는 H요리학원을 끊어 하루도 빠지지 않고 열심히 다녔다.
이유는?
결혼을 하게 될 것 같아서.

물론 당시 결혼을 약속한 남자가 있었던 건 아니다.
그렇지만 그냥 왠지 막연히,
적어도 서른셋엔 결혼하겠지, 싶었던 예감이랄까.

'그럼 지금쯤은 배워놔야 해.'
'예쁜 여자와는 3년, 착한 여자와는 30년,
음식 잘하는 여자와는 평생 산다잖아.'

그런데 말이지,
이놈의 요리가 정말 재미없는 거다.
"간장 한 스푼 넣으세요" 그러면 "네~" 하며 넣고,
"튀김옷 입히세요" 그러면 "네~" 하며 튀김옷 입히고,
"3분 후에 건지세요" 그러면 "네~" 하며 건지고.

그렇게 만든 요리는, 내 솜씨가 아닌 요리학원의 솜씨였다.

가끔 우리 언니가 그런다.
"그렇게 아무것도 못 해서 시집을 어떻게 가니?"

근데, 놀라지 마시라. 레시피대로 하면 다 맛있다.
아귀찜도, 새우튀김 마요네즈 무침도, 칼칼한 된장찌개도 다 맛있다.

당일치기

원고를 쓰는데 자꾸 같은 글자에서 오타가 난다.
'읽'자를 쓰는데, '일'까지만 써지고 'ㄱ' 받침 입력이 안 되는 거다.
방송 시간은 다가오고,
마음이 불안해 손이 떨려 그런가
'ㄱ' 자판을 계속 눌러도 아무 글씨도 안 찍힌다.
에라, 모르겠다. 그냥 일단 인쇄하고 손으로 쓰자.

'인쇄' 버튼을 눌렀는데 종이가 걸린다.
종이 빼고 다시 '인쇄 클릭'.
그런데 계속 걸린다.
오프닝 원고 없이 방송 시그널이 울릴 때,

잠에서 깼다. 꿈이었다.

가끔 계속 같은 글자에서 오타가 나서
방송 시간까지 원고를 넘기지 못하는 꿈을 꾸곤 한다.
그런 날은, 혹시 예지몽이었을지 모르니
원고를 좀 더 일찍 넘기려고 노력한다.

생
각
요,
하
는

그날도 오타 악몽을 꾸고
혹시 몰라 일찌감치 원고를 썼는데
얼마나 지났을까, 매니저한테서 전화가 왔다.

"어쩌죠? 우리 000이 어제 과로로 입원했어요.
오늘 출연 어려울 것 같은데… 죄송합니다."

아프다는데 화를 낼 수도 없고,
알았다고 전화를 끊고는 미리 써놓은 원고를 뜯어고친다.

참 신기하게도 이런 일이 왕왕 있다.
원고를 미리 써놓은 날은,
출연자가 펑크를 내거나 출연자가 바뀌거나
그 코너를 할 수 없는 상황이 생기는 거다.

그러니, 이쩌겠어.
모든 건 '닥쳐서' 해결하는 수밖에.

결국 변명이겠지만, 이런 습관이 쌓여
'닥쳐야 하는' 인간이 되었다.
약속도 닥쳐야 잡고, 여행도 닥쳐서 결정하고.

이러다 결혼도
당일 오전에 장소 잡고 오후에 하게 되진 않을는지. 헤헤.

Dreams come true

22

중고등학교 때,
'별이 빛나는 밤에'를 들으며 생각했다.

'저 공개방송 무대 뒤편에 내가 스텝으로 있으면 참 좋겠다.'

2008년, '별이 빛나는 밤에' 공개방송을 하며
무대 뒤편 대기실에서 원고 검토를 하고 있는데,
지금 이 상황이 참 낯익다는 느낌이 들었다.
그랬다. 학창 시절에 상상하던 꿈이 실현된 것이다.

그래서,
꿈을 꾸면 이뤄진다는 말을 나는 믿는다.
다만 이상한 것은, 결혼한 내 모습을 꿈꿔본 적은 없다는 것이다.
잠들기 전 기분 좋은 상상을 하는 게 습관인데,
그 상상 속에 연애하는 모습은 있어도 결혼생활 하는 모습은 없다.
일부러 생각 안 하려고 하는 것도 아닌데
잘 그려지지가 않는다.

생 ㅇ
겨 느
요,넽

인테리어가 잘 된 예쁜 집에서
햇살 드는 창가에 앉아 브런치를 먹는 내 모습을 상상할 때도
브런치는 언제나 1인분이다.

그래서 그런가,
오늘도 햇살 드는 창가에 앉아 아점 1인분을 해치웠다.
이것도 뭐, 꿈이 이뤄졌다면 이뤄진 거겠지. ^^;;

오늘 밤부터는 자기 전에 결혼생활을 꿈꿔봐야겠다.
과연 결혼도 'Dreams come true'가 될까?

미혼이라는 이유로

미혼은 일을 할 때 기혼보다 확실히 편한 부분이 있다.
결혼한 방송작가의 경우
프로그램 시간대나 방송 성격에 따라 제약이 있는데,
결혼을 안 했으면 그런 면에서 확실히 프리하다.

그런데 미혼이라는 이유로 피해를 보는 방송작가들도 종종 있다.
바로, 젊은 남자 디제이와 일할 때다.

실제로, 젊은 남자 디제이와 일하던 한 방송작가는
그의 여성팬으로부터 협박 문자를 받았다.

"우리 오빠에게서 떨어지세요.
설마 지금 이 시간에 우리 오빠랑 같이 있는 거 아니죠?
왜 공개방송할 때 우리 오빠 보고 웃었어요?"

전화번호는 어떻게 알았는지 밤마다 문자를 보내고,
어떤 때는 회사로 전화해서 그 작가를 잘라달라고
피디에게 요구하는 팬도 있었다.

그런데 문득, 이런 생각이 드는 거다.
만약 그 작가가 결혼해서 아이가 있는 엄마였다면
여성팬이 그렇게까지 극도로 집착했을까?

"아, 결혼하셨구나. 그렇다면 안심입니다."

뭐, 이렇게 나오지 않았을까?

이 자리를 빌려 말하는데
그 연예인들은 우리를 이성으로 보지 않는다.
우리 역시 그 연예인들을 이성으로 본 적이 없다.
우리는 그냥 우리 일에 최선을 다하고 있는 작가일 뿐이고,
그들 역시 자신의 길을 걷고 있는 연예인일 뿐이다.

이렇게 말하면,
작가와 결혼한 스타들도 있지 않냐며
정형돈, 박해일 씨 등을 꼽는다.
그분들께 말씀드리고 싶다,
그 작가들은, 예. 뻤. 다.

말해도 지랄, 안 해도 지랄

추석 연휴를 앞둔 어느 날,
35세 싱글 여성인 후배가 말했다.

후배 언니, 저는 내일도 근무해요.
당직 신청했거든요.
나 진짜? 왜?
후배 친척들 만나면 결혼 안 하냐고 묻는 거 짜증나서요.
나 야, 그래도 그렇게 물어줄 때가 좋은 거야.
나는 이제 친척들이 그런 거 안 묻는다.
그거 안 물어봐도 짜증 나. 포기한 건가 싶어서!

그때, 우리 얘기를 듣고 있던
45세 싱글 여성 선배가 말했다.

선배 지랄들을 한다.
말해도 지랄, 안 해도 지랄이냐?

그러게. 그게 참 신기하다.
주위에서 결혼 안 하냐고 자꾸 물을 땐 그 질문이 짜증스러웠는데
이젠 그 질문조차 안 하니까 그것도 또 별로다.
언젠가는 일로 만나는 사람들마다
"왜 결혼 안 하세요?" 묻는 게 짜증났는데
요즘은 그걸 안 물어보는 사람한테도 짜증이 난다.
'결혼 못 할 만했다는 거야, 뭐야?'
뭐, 이런 자격지심이랄까.

암튼, 선배 말대로
해도 지랄, 안 해도 지랄이다.

데리러 올 자, 누구인가?

어느 날, 회식을 하던 중
32세 싱글 여성 A가 "전 이제 그만 마실래요" 한다.
이유를 물으니, 차를 가져가야 하기 때문이란다.
아까 한 잔 마셔서 더 마시면 안 된다며
그녀는 소주 대신 사이다를 잔에 따랐다.
"대리 불러, 대리~"라고 이구동성으로 말했지만,
그녀는 대리운전은 어쩐지 무섭다고 했다.

"생각해 보세요. 내 차 키도 그 남자가 쥐고 있지,
내 전화번호도 알지, 우리 집도 알지.
요즘 같이 험한 세상에… 겁나요."

그러면서 이어지는 말이,

"이래서 결혼을 해야 하는데.
남편한테 데리러 오라고 하면 좋잖아요."

그러자 옆에 있던 결혼 13년차 기혼 여성이 발끈했다.

"안 데리러 오거든!!!!!!
무섭다 그러면 '당신이 더 무서우니까
걱정 말고 택시 타고 와' 그러더라.
그게 아내한테 할 소리냐고! 아, 열받아."

그때부터 토론이 시작되었다.
그렇다면 과연, 우리를 데리러 올 자는 누구인가.
결론은, '남자친구'였다.

싱글녀 그래서 연애를 해야 돼요.
연애할 땐 '술 마셔'라는 문자만 보내도
남자친구가 바로 데리러 오잖아요.

그러자, 한참 연애 중인 20대 B양이 말했다.

연애녀 안 데리러 오거든요!!!!!

제 남자친구는 운전면허가 없단 말예요!

그리고 면허 있는 남자도 만나봤는데,

아버지 차 몰고 밤에는 못 나오니까 안 오더라고요.

기혼녀 그렇기도 하겠다.

그럼 이제 우린 어떻게 해야 돼?

나 어떻게 하긴, 혼자 잘 기어들어가야지.

이 세상에 나를 데리러 올 사람은 나 자신밖에 없네. 에휴.

결국 우린,

각자 알아서 집에 잘 들어가기 위해

술집 대신 커피숍으로 자리를 옮겼다.

그날 밤, 나뿐만 아니라
기혼녀나 20대 청춘녀나
집에는 각자 알아서 들어가야 한다는 사실이
왜 그리 위로가 되던지.
다시 한 번 마음에 새겨본다.

'그래, 어차피 인생은 각개전투로 사는 거야!'

기혼자들의 훈계

결혼한 친구들을 만나고 온 A가
'화남' 이모티콘을 가득 담아 카톡을 보내왔다.

"결혼한 애들은 왜 그렇게 훈계하려 드는지 모르겠어."

남자는 두루두루 다 만나봐라,
그렇게 눈이 높으면 안 된다,
현실을 생각해라,
이혼남도 만나봐야지 너 그렇게 살면 안 된다 등등.

친구들은 카페에 앉아 있는 내내 걱정 아닌 걱정을 하면서
혼자 사는 A를 나무라고 면박주더란다.
나 역시 그런 일을 많이 당해봤기 때문에
함께 광분하며 카톡을 주고받았다.

결혼한 내 주위의 여성들도 훈계를 참 많이 한다.
친한 관계라고 생각해서인지 듣기 거북한 말도 서슴지 않는다.
이젠 재혼자리도 안 들어올 나이라는 등,
그 나이엔 눈을 확 낮춰야 한다는 등,

생 이
겨 느
요, 님

내일 애를 낳아도 노산인데 이제 어쩔 거냐는 둥,
그들에게 남자를 소개시켜달라고 한 적도 없었고
외로우니 함께 놀아달라고 떼 쓴 적도 없는데
그들은 결혼 얘기로 날 주리 튼다.

그렇다고 그들의 결혼생활이
내가 부러워할 만큼 대단히 해피하냐,
그것도 아니다.
한 시간 앉아 있는 동안 애가 어디 있는지 일일이 전화로 확인하고,
남편 연봉 자랑하면서도 결국 시댁 때문에 미치겠다는 욕이나 하고,
남편 속옷은 메이커 사도 자기 립스틱은 맘 편히 못 사는 그 친구가
그다지 부럽지 않은데,
그 친구는 자꾸 결혼하라며 나를 훈계한다.

결혼한 사람들의 모습이 좋아보이지 않아도
내가 결혼한 사람들에게 이렇다 저렇다 훈계하지 않는 것처럼,
결혼한 사람들도 혼자 사는 내 모습이 좋아보이지 않더라도
그냥 가만 좀 놔뒀으면 좋겠다.

결혼한 사람들이,
보이는 것보다 우리는 때때로 많이 행복하단다~
라고 말한다면, 나 역시,
보이는 것보다 때때로 많이 행복하게 살고 있단다~
라고 말해주고 싶다.

같이 일했던 사람들 중에
두 달에 한 번쯤, 혹은 명절을 전후하여
꼭 이렇게 얘기하는 유부남 피디가 있었다.

"오늘 술 한잔 어때?"
"오늘은 회의를 좀 길게 하지."
"이번 주말에 등산 갈 사람~~?"

그의 입에서 이런 얘기가 나오면
십중팔구 아내가 시골로 내려간 것이다.

그는
굉장히 환희에 찬 표정으로,

그 오늘 우리 애들하고 와이프가 시골 내려갔잖아.
그래서 속상해 죽겠어.
나 속상하다는 사람치고 입꼬리가 너무 귀에 걸렸는데?
속상한 거 맞아?
그 (기지개 켜며) 그럼, 얼마나 속상한데~
아주 속상해 미쳐 죽어~ 하하하하!!!

말과 다르게 신이 난 그를 보며 나는 말했었다.

나 내가 이래서 결혼을 못 해.
내 남편이 나 없을 때 신 날까 봐서.

분명 내 아내와 아이들을 사랑하지만,
가끔씩 현관에 들어서기 전 가슴 답답함을 느낀다는 남자들.
아내가 없으면 많은 것이 불편하지만,
그런 불편을 감수할 만큼
아내가 없을 때 강한 해방감을 느낀다는 남자들.

이런 유부남들을 보며
결혼이란 무엇인가 다시 한 번 생각해본다.
짐이 되었다가도 힘이 되고, 힘이 되었다가도 짐이 되는
부부라는 관계.
나는 누군가에게 힘이 될 자신도 없고,
짐이 된다고 생각하면 자존심도 상하고,
아마도 그래서 싱글 삶이 내 체질에 맞는 것도 같다.

노란불이다.
건널까 말까, 망설이다가 브레이크를 밟았다.
그런데 내 옆차는 속력을 더 내더니 쌩 하며 신호를 건너버렸다.
에잇, 나도 건널걸. 적신호를 받고 서서 내내 후회했다.
여기 사거리 신호는 꽤 길던데 너도 과감하게 건너버리지,
왜 그랬니, 왜 그랬어!
스스로 소심한 운전 실력을 탓했었다.

그렇게 멍하니 신호를 기다리다가
다시 초록색 신호를 받고 달리는데
어? 얼마 지나지 않아 접촉사고가 난 차량들이 보인다.
가만, 저 차 어디서 많이 봤는데?
음마~ 사고 난 차량은 다름 아닌
아까 노란불에서 쌩 하니 지나가던 그 SUV 차량.

다행히 큰 사고는 아닌 듯, 운전자들이 도로 위에 나와
사고 처리를 하고 있었다.

생 어
겨 느
요, 느

노란불에 과감한 주행을 선택한 SUV 차량 운전자의 판단이
틀렸다고 생각하지는 않는다.
나도 가끔 노란불에서 속도를 더 내 신호를 건널 때도 많으니까.

다만, 이런 생각은 들었다.
인생에서 출발이 빠르다고
반드시 목적지에 먼저 도착하는 건 아니라고.
나보다 앞서 달리던 아까 그 차가
이젠 나보다 뒤에 달리게 된 것처럼.

쌩뚱이다

뭔가에 홀린 사람처럼,
라디오를 접고 시트콤을 하겠다며 뛰어든 적이 있다.

심지어 개편도 아닌데 상황이 어찌어찌 흘러,
13년 했던 라디오를 접고 시트콤 준비 팀에 들어갔었다.

지금 생각해도
내가 왜 갑자기 쌩뚱맞게 시트콤을 하게 됐는지
참으로 미스터리다.

그렇게 뛰어들었던 시트콤은,
긴 준비기간을 거쳐 첫방을 시작했으나
두 달 반 만에 조기종영이라는 날벼락을 맞았다.
그것이, 아는 사람만 안다는 시트콤 〈엄마가 뭐길래〉다.

그런데 그렇게 조기종영으로 프로그램이 폐지되었다면
내 잘못된 선택에 대한 좌절과 후회가 느껴져야 할 텐데
참으로 신기하게도, 전혀 그런 생각이 들지 않았다.

생 이
거 느
요, 닐

당시 내가 했던 생각은 딱 두 가지.

하나는,

이렇게 바닥을 쳤으니 앞으로 나에게 대단한 행운이 오겠는데?

하는 초긍정 마인드였고,

다른 하나는,

이렇게 된 나를 두고 '쌤통이다' 생각할 사람이 있을까?

하는 것이었다.

조기종영을 하거나 말거나 관심 없는 사람 빼고,

내 일에 관심이 있는 사람 중 누군가는

'어이쿠, 어쩌니?' 걱정하는 사람이 있을 테고,

또 누군가는 '거참, 쌤통이다!' 고소해하는 사람도 있겠지.

그래서 생각했다,

앞으로 내가 안 좋은 일을 겪을 때

적어도 '쌤통이다'라고 말하는 사람은 없도록 잘 살아야겠다고.

고통받고 있는 나를 보고 '거참, 쌤통이다'

그렇게 생각하는 사람이 있다면,

그건 고통받는 것보다 더 슬픈 일일 테니까.

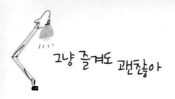
그냥 즐겨도 괜찮아

지금껏 16년간 꾸준하게 방송작가 일을 하며 살아온 나지만
이런 나에게도 실직의 순간이 있었다.

자의 반 타의 반으로 밤 프로그램은 그만해야겠다고 선언했을 때,
그렇게 밤 프로그램을 그만두면
바로 낮 프로그램에서 일이 들어올 줄 알았다.
그런데 할 뻔하다 못 하게 되고,
할 뻔하다 안 하게 되고,
그러다 실직 상태가 되었다.

"그래, 여태 그렇게 써댔으면 됐다.
쉴 때도 됐지. 맘 편히 놀아."

엄마 아빠가 그렇게 위로해줬음에도 불구하고
당시 나는 예민해져 있었다.
방송작가 일을 시작하고 처음으로 아무 일도 하지 않는
그 시기가 불안하고 두려웠다.

생 어 느
요, 닐

여기가 끝일 것만 같은 불길함,
영원히 일이 안 들어오면 어떡하지? 하는 불안함,
앞으로 뭘 먹고 살아야 해? 하는 막연함.

그래서 무작정 제주도로 향했다.
15일간 애월읍 펜션에 장기 투숙하며
아무 생각 없이 지내기로 결심했다.

일어나면 펜션 근처 바다를 바라보다가
'숙이네 보리빵'을 사들고 시내로 나가는 버스를 탔다.

그동안은 제주도에 오면 으레 차를 렌트했었는데
이번엔 버스를 이용했다.
제주 버스를 타고 올레길도 가고,
오름도 가고, 사려니 숲길도 가고.
그렇게 먹고 걷고 구경하고
먹고 타고 구경하고를 반복하다 보니,

어느새 평화가 찾아왔다.
그리고 신기하게도 미래에 대한 불안이 사라졌다.

그래, 어떻게든 살아지겠지.
하늘은 언제나 내 편이었으니까.

15일간을 평화롭게 놀았다.
그리고 서울에 와서도
무료 강의를 들으러 다니며 또 신나게 놀았다.

그리고 그렇게 논 지 두 달도 채 안 되었을 즈음,
개편 시기도 아닌데 일이 들어왔다.
일하던 작가가 갑자기 프로그램을 그만두게 되었다는 것이다.

그때 다시 한 번 깨달았다.
어떤 식으로든 현재의 상황을 즐기면 된다는 것을.
당장 내일 어떻게 상황이 변할지 아무도 모르기 때문에
지레 겁먹을 일도, 앞서 걱정할 일도 없다는 것을.

그래서 이젠,
일을 그만두게 되거나 개편 시기가 되어도
별 걱정 안 한다.
뭐, 어떻게든 되지 않겠어? 하는 배짱이 생겼으므로.
나는 이런 나의 배짱이 참 마음에 든다.

방송작가들은 왜 결혼을 못 하거나
혹은 안 한 사람이 많은가에 대해
친한 작가들끼리 진지하게 얘길 나눈 적이 있다.

그 결과 우리가 내린 결론은
첫째, 자아가 너무 강해서였다.

자아가 강하다는 건
한마디로 기가 세다는 건데,

나 근데 언니, 나 기 안 세요. 나처럼 순둥이가 어딨다고!
선배 웃기고 있네. 야, 6개월마다 개편하는데
살아남아 일하고 있다는 거 자체가 기가 센 거야!

그러고 보니 그런 것도 같다.
스스로는 마음 여리고, 귀 얇고, 남의 의견 잘 따르고,
순둥이처럼 살아서 연약한 여자라고 생각했는데,
알고 보니 나 역시 아집과 고집으로 똘똘 뭉친
기 센 여자였던 것이다.

방송작가들이 결혼을 못 하는(안 하는) 두 번째 이유!
바로, 결핍이 없기 때문이다.

경제적으로 넉넉하다는 뜻이 아니라
남자친구와 누리는 재미를 방송국 안에서 다 누릴 수 있다.

일단, 우리가 보는 디제이들이 좀 재밌나.
밥 먹자는 한 마디 어감만으로도 빵빵 터진다.
일상적으로 오고가는 대화가 만담이고 콩트다.
그러니 남자친구가 하는 웬만한 얘기는 별로 재미가 없다.
게다가 매너 좋은 매니저들은 또 어떻고!
알아서 다 챙겨주지, 맛집 잘 알지,
운전은 예술 그 자체로,
막히는 길에서든 좁은 골목에서든
한 손으로 슉슉슉~ 장인의 경지에 올라 있다.

이렇게 재밌는 디제이, 매너 좋은 매니저와
5일 빡세게 일하고 나면 주말은 기가 빠져 쉬고 싶고,
주말 내내 방콕하고 일어나 보면
다시 또 빡세게 일해야 하는 월요일이 돌아온다.
그러니 결혼을 해야겠다고 결심할 겨를도 없이
어느새 나이가 마흔을 넘어서 있는 것이다.

그런데 48세 싱글 방송작가 언니가
하루는 이런 얘기를 해주었다.

"그러다가 이제 방송이 슬슬 지겨워지는 순간이 온다.
디제이들 얘기에도 재미를 못 느끼지.
그럴 때, 난 왜 진작에 결혼을 안 했을까 후회하는 거야.
물론 후회할 땐 이미 결혼은 딴 나라 사람 얘기가 되는 나이지."

어쩌면 나에게도 곧 그런 날이 올지 모르겠다.
청춘을 바친 방송에 더 이상 재미를 느끼지 못하고
흘려보낸 결혼 적령기를 후회하는 시기.
그래서 요즘 스스로에게 묻고 대답한다.

'결혼 안 한 지금 이 생활도 좋지?'
'응.'
'지금 내 마음이 행복하다는 걸, 잊지 말자~?'
"응!"

언젠가 후회가 몰려오는 날,
이 글을 꼭 다시 읽어봐야지.
그리고, 나는 '당시' 후회 없이 살았노라고
스스로에게 말해줘야지.

PART 4

좀 노는
여자

노는 게 남는 거란 걸 진작에 알았더라면 미치도록 놀아보는 건데.
떠나요~ ♬ 둘이서~가 안 되면 혼자서라도
더 늦기 전에 신 나게 살아야지!

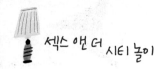

섹스 앤 더 시티 놀이

여자들이라면 누구나 한 번쯤 시도해봤던
〈섹스 앤 더 시티〉 놀이를
나도 해본 적이 있다.

KBS에서 일할 때 친한 또래 방송작가 넷이 있었는데,
마침 〈섹스 앤 더 시티〉의 주요 등장인물도 넷이고 해서
재미삼아 서로의 캐릭터를 정해봤었다.

당시 가장 연애도 활발히 하고
남자한테 인기도 많았던 A는 사만다,
보기만 해도 여성스러움 그 자체였던 B는 샤롯,
냉철한 조언을 잘하고 지적 호기심이 많았던 C는 미란다,
그리고 남은 한 사람, 캐리는 나.
(절대 주인공 하고 싶어서 그런 거 아님.)

우리도 〈섹스 앤 더 시티〉의 그녀들처럼 브런치를 먹고 싶었으나
다들 밤 프로그램을 하고 있어 아침에 일어날 수 없는 관계로
주로 한밤중 한강둔치에서 놀았다.

프로그램이 끝나면 새벽 2시.
마침 일이 많아서 네 명 모두 같은 시간에 퇴근하는 날이면
여의도 둔치로 차를 몰았다.
계획도 없이, 그냥 즉흥적으로 말이다.

지금 생각하면 참 겁도 없는 행동이었다 싶은데
그때는 그 텅텅 빈, 아무도 없는 시커먼 한강 주차장이
그렇게 좋을 수가 없었다.
한밤중 차 안에서 여자 넷이 한강을 바라보고 앉아
커피를 마시며 밤새 수다를 떨었다.

막내작가이기 때문에 느끼는 설움,
우리도 메인작가가 될 수 있을까 하는 불안감,
정말 작가가 내 길일까 하는 의문,
그 모든 속마음을
우리는 한강둔치에서 털어놓았다.

그러다 새벽 동이 트면
"어머, 사람들 출근시간이다. 차 막히기 전에 가자~!"
그렇게 화장이 다 지워지고, 다크서클이 턱까지 내려온 몰골로
집으로 돌아가곤 했다.

지금은 그 넷 중
사만다와는 연락이 끊겼고,
샤롯은 아기 엄마가 되었고,
미란다는 유학 후 돌아와 대기업 직원으로 일하고 있다.

추억의 〈섹스 앤 더 시티〉 놀이.
오늘 밤 유난히 그 시절의 우리들이 그리워진다.
우리 지금 다시 모여도,
그때처럼 속내를 다 드러내고 수다 떨 수 있을까?

아, 맥주 한 캔 따야겠다.

미스터 쇼

지인이 티켓을 구해준 덕에
〈미스터 쇼〉라는 공연을 보러 갔다.
박칼린 씨가 연출을 맡아 더욱 유명했던 〈미스터 쇼〉.

'여성들이여, 욕망을 깨워라!
hot하고 짜릿한 쇼가 온다!'라는 슬로건답게
남성 출연자들은 거침없이 옷을 벗어제꼈다.

입장권에
'남성 관객은 티켓의 유무, 여성 일행 동반 여부와 관계없이
입장하실 수 없습니다.'
라고 쓰여 있었던 이유를 알 것 같다.

그렇게 벌거벗은 남성들의 모습에
욕망이 일기는커녕 그저 불편하기만 했던 나와는 달리,
그곳에 있는 여성들은 열광하고 있었다.
특히나 열광하는 여성들을 관찰해보니
놀랍게도 20~30대 여성들.
아줌마들이 열광할 거라고 생각했던 것과 조금 차이가 있었다.

함께 공연을 본 40대 후반 기혼 여성에게 물었다.

"공연 어땠어요?"
"뭐 그냥 그렇지. 우리 나이가 되면요,
남자들이 발가벗고 춤을 춰도 아무렇지 않아요.
열광하는 여자들은 결혼 안 해서 호기심이 있어 그러는 거지,
결혼하고 남자몸 볼 거 다 본 우리한테
그게 뭐 그렇게 신기하겠어요? 안 그래요?
우리는 그냥 이렇게 콧바람 쐬면서 공연을 본다는 것
자체가 좋은 거지.
아, 애들하고 남편 두고 혼자 나오니까 좋다."

남자의 벗은 몸보다
혼자 밖에 나온 그 시간이 더 좋다는 기혼 여성들.
늘 혼자의 시간을 보내고 있는 미혼 여성으로서
그들이 조금 안쓰럽게 느껴졌다.

그런데 이상하다.
집에 와서 TV를 보고 있는데도
벗어제끼던 공연 속 미스터들이 자꾸 떠오른다.
아, 부끄부끄~
그 공연, 재관람률이 높다는데
그 이유를 알 것도 같고. 부끄부끄~

보조석 누리기

친구가 운전하는 차를 타고 가다 나눈 대화.

나 보조석에 앉은 게 얼마 만인지 모르겠어.
맨날 내가 운전하고 다니니까.
친구 응, 나도. 우리도 빨리 결혼해서 남편이 운전하는 차 타자.
나 응, 훌쩍.

나도 보조석을 누리고 싶다.

그런데 일찌감치 결혼한 언니가 말했다.
"야, 운전 맨날 내가 하거든?
니 형부 술 마시면 데리러 가야지,
애들 학교로 학원으로 태워 날라야지,
결혼한다고 무조건 보조석에 앉는 줄 아냐?!"

뒷좌석 회장님 자리를 바라는 것도 아니고
그깟 보조석 누리기가 왜 이렇게 어려운 것일까.

고속도로 통감자

토요일 밤, 엄마 아빠가 계시는 춘천으로 향하는 길이었다.
늘 그렇듯 차 보조석엔 가방을 앉히고
제법 익숙해진 춘천 고속도로를 달렸다.
톨게이트에서 통행권을 뽑고 얼마간을 달리다, 문득 생각했다.

'아까 통행권을 뽑아서 어떻게 했지?'

통행권을 뽑고 그 후 잠깐 사이의 행동이 기억나지 않는다.
침착하자. 나는 마흔한 살이니까 침착할 수 있어. 침착해야 해.
일단 가평휴게소에 차를 세우고 보조석을 샅샅이 뒤졌다.
통행권은, 없다.
하지만 괜찮아. 난 스마트한 마흔한 살이니까.
스마트폰으로 '지식인' 검색에 들어갔다.

'고속도로 통행권 분실 사건'
'고속도로 통행권 분실했을 때'
'고속도로 통행권 분실한 경우'

이미 여러 사람이 통행권을 분실했었고
그리고 해결책이 있음을 지식인이 알려주었다.
나만 이러는 게 아니었군, 하하.
해결책을 찾았으니, 통감자나 사볼까?

가벼운 마음으로 통감자를 먹으며 신 나게 달렸다.

드디어 톨게이트에 도착!
요금소 언니에게 (사실 민증을 까보면 나보다 어릴 가능성이 높지만)
불쌍한 표정으로 말했다.

"통행권을 못 찾겠어요. ㅜㅜ"

친절한 요금소 언니는,
사무실로 가서 이유를 말한 뒤 통행료를 지불하면 된다고 했고,
나는 톨게이트 오른쪽에 위치한 사무실로 들어갔다.

나   저, 통행권을 분실해서요.
직원 아, 그러세요? 오신 길을 증명할 수 있으면
저희가 통행 구간을 인정해드리거든요.
혹시 휴게소에서 영수증 받은 거 없으세요? 기름을 넣었다거나…

난 자신 있게 대답했다.

나 있어요!

직원 뭔데요?

나 제 차에 통감자가 있는데요!!!

순간, 사무실 안에 정적이 흘렀다.
약간의 침묵이 흐른 뒤 직원은 말했다.

직원 통감자는 서류로 보고할 수 없어서요.
서류로 철해서 보고를 올릴 수 있는 영수증이어야 하는데,
영수증 안 받으셨어요?

나 영수증은 버렸는데, 대신 통감자 사진 찍어서
보여드리면 안 될까요?

직원 … (애 뭐래? 하는 표정)

결국, 분실 사유서를 작성했다.
그리고 앞으로 한 번 더 이런 일이 생길 시에는
전 구간 요금을 부담해야 한다는 주의사항도 들었다.

젠장, 역시 고속도로는 혼자 달리는 게 아니었어.
보조석에 가방이 아닌 사람이 탔더라면
통행권을 잃어버리는 일 따위 없었을 텐데.
혼자 운전하는 여자에게 통행권 사수는 너무 버겁다.

다음날 통행권은 보조석과 차 문 틈에서 발견되었고,
나는 보란 듯이 하이패스를 달았다.

좀 여
ㄷ ㅈ
ㄷ

나만 몰랐던 비밀 1. 안개등

부모님이 춘천으로 이사하신 후
일주일에 한 번은 시골길을 운전하게 되었는데,
언젠가 내 차를 뒤따라오던 형부가 말했다.

"처제, 안개등을 켜. 그럼 훨씬 밝아."

그때 알았다. 내 차에도 안개등이 있었다는 사실을.
지금의 차를 산 지 3년 만의 일이었고,
운전을 한 지 14년 만의 일이었다.

그러나 아무리 봐도 안개등을 켜는 스위치는 보이지 않았다.

"형부, 제 차에는 안개등이 없나 봐요."

그러자 형부의 말,

"이 세상에 안개등 없는 차는 없어!
소형, 중형, 대형, 2.5톤 트럭, 모두 안개등이 있다고!"

그렇구나.
내가 모르는 사이,
다른 차들은 다 안개등을 이용하고 살았던 거야.
왜 여태 몰랐을까.

그날 밤, 자동차 매뉴얼 책자를 들춰봤다.
차를 산 후 한 번도 읽지 않았던 그 책자에는
'안개등'이 아주 명확하게, 그림까지 그려져 안내되어 있었다.

나는 또 얼마나 내가 가진 무엇을 모르는 채 살고 있을까.
이미 가지고 있지만 신경 쓰지 않고 살았던 것들.
나에게도 있는데 남에게만 있다고 생각했던 것들.
이젠 새로운 것을 찾기보다
이미 가지고 있는 것을 발견하며 살아야 할 나이가 된 것 같다.
14년 만에 발견한 안개등처럼.

차 키가 사라졌다.
어제까지만 해도 분명히 차를 탔는데,
아무리 가방을 뒤져봐도 차 키가 없다.
눈앞에 차가 있는데 탈 수 없다니, 막막했다.
다시 집으로 올라와 가방 속 내용물을 우수수 쏟아내도
차 키가 없다.
망했다. 빨리 출근해야 하는데.

현관 키를 분실하면 열쇠공을 부르면 되고,
카드를 분실하면 분실신고를 하면 되는데,
차 키를 분실했을 땐 어떻게 해야 할지
한 번도 생각해본 적이 없다.

이런 칠칠이.
요즘 정신줄 놓고 사는구나.
왜 이러고 사는 거야, 정말.
내 자신이 정말 싫어지는 시점이다.

스스로에게 온갖 비난을 퍼부은 후,
남편이라도 있었으면 좋았을 텐데, 하는 심정으로
언니에게 전화를 했다.

"언니, 차 키가 없어졌어."
"뭐? 기다려 봐. 형부한테 물어볼게."

잠시 후,

언니 형부가 그러는데, 엔진에 고유넘버가 있대.
그걸 A/S센터에 알려주면 보조키를 발급해준다나 봐.
나 엔진을 어떻게 봐?
언니 보닛을 열어.
나 보닛은 어떻게 여는데?
언니 핸들 옆에 버튼 같이 생긴 거 잡아당기면 되잖아.
나 차 키가 없는데 차 안에 어떻게 들어가?!
언니 아참, 그렇지! 그럼 차 매뉴얼 봐봐.
거기 나와 있을지도 모르잖아. 차에 그런 건 싣고 다니지?
나 응.
언니 그럼 매뉴얼 찾아서 그거 읽어봐.
나 차 키가 없다니까 차 안에 어떻게 들어가?!
언니 아참, 그렇지.

이건 뭐 '덤 앤 더머'도 아니고….
결국 최악의 경우 자동차 A/S센터에 전화해보기로 하고
언니와 전화를 끊었다.

그래, 마지막으로 딱 한 번만 더 찾아보는 거야.

어제의 동선을 따라 온 집안을 훑기 시작했다.
설마 여기 있을 리가 없잖아, 하며 그냥 지나쳤던 곳까지
샅샅이 뒤졌다.
그리고 마침내,
기적처럼 그곳에서 보았다. 나의 차 키를!
여긴 분명 없을 거야, 싶었던 등산가방 그물에
자동차 키가 대롱대롱 매달려 있었다.

왜 여기에 있지?

생각해보니,
등산 가방을 다른 곳에 옮겨놓느라 잠깐 방바닥에 내려놨는데,
그때 등산가방 그물에 키홀더가 걸려서 딸려간 모양이다.

아, 다행이다!
나 이젠 정말 정신 바짝 차리고 살 거야. 진짜로!

차 키처럼, 사랑을 잃어버렸던 적이 있다.
그때, 지금 차 키를 찾듯이
지나온 내 동선을 샅샅이 뒤져 반성했다면
잃어버린 사랑을 되찾을 수 있었을까.
아마 아닐 거다.
차 키에는 발이 없지만, 그에겐 발이 있었으므로.

다른 사람에게 걸어가고 있는 옛사랑을 보는 건
참 가슴 아픈 일이다.
그러니 잃어버린 사랑은
그냥 잃어버린 대로 놓아두련다.
나를 위해. 그리고 그 사랑을 위해.

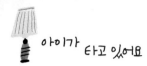
아이가 타고 있어요

운전을 하다가
'아이가 타고 있어요'라고 적힌 스티커가 붙은 앞차를 발견하면
혼자 중얼거리곤 했다.
그래서 뭐 어쩌라고?

내가 자기네보고 애 낳으라고 말 한마디를 했나,
그 애가 커서 나한테 박하사탕이라도 하나 사줄 거길 하나,
자기네 아기가 타고 있는 걸 왜 나한테 그래? 라는 얘기를
아는 선배한테 했다가 호되게 야단맞았다.

두 아이의 아빠인 선배는 나에게,
어쩜 그렇게 매정할 수가 있냐, 정말 실망이다,
네가 애를 안 키워봐서 그렇지 등등
언짢은 마음을 드러냈다.

'아이가 타고 있어요'라는 말에는,
아이의 돌발행동으로 차가 급정거를 하거나
서행 운전을 하더라도 양해 바랍니다,
즉 인내심을 가져달라는 속뜻이 담겨 있다는 걸, 그날 알았다.

그러고 보니,
친구들 중 미혼녀와 아이엄마는 어딘가 모르게 조금 다르다.
확실히 아이엄마들은 '인내심'이 많다고 해야 할까?
나 같으면 벌써 파르르 떨었을 일을,
아이엄마는 웬만하면 인내심을 갖고 지켜보려 한다.

자식 키워봐야 진짜 어른이 된다는 말,
그게 뭔지 조금 알 것 같다.

그날 이후
'아이가 타고 있어요'라는 스티커가 붙은 앞차를 보면
혼자 중얼거린다.
"네, 참고할게요. 인내심을 갖고."

어디까지 혼자 먹어봤니?

언젠가 싱글인 친구 A와
혼자 사 먹을 수 있는 음식에 대해 얘기한 적이 있다.

나는 혼자 커피를 마신다거나
패스트푸드점에서 혼자 세트메뉴를 주문해 먹은 적은 많지만
아직까지 분식집이나 한식당에서
혼자 밥을 먹은 적은 없다.
왠지 남들이 이상하게 볼 것 같고, 초라하게 볼 것 같고,
음식을 씹는 동안 어디 봐야 할지도 모르겠고,
뭐 그런 복합적인 이유로 식당에서 혼자 밥을 사 먹지 못하고
꼭 먹어야 한다면 주로 포장을 해오는 편이다.

그런데 A는 2년간 유학생활을 해서인지,
낯선 곳에서든 익숙한 동네에서든 혼자 먹는 게 어색하지 않다고 했다.
그래도 아직까지 혼자 고기를 구워 먹어본 적은 없는데
크리스마스를 앞둔 어느 날 밤,
몹시도 돼지갈비가 먹고 싶더란다.
이리저리 연락처를 뒤져봐도
마땅히 불러낼 사람이 없고….

그래서?

그래서,
A는 혼자 돼지갈빗집에 갔다.

당당하게 숯불돼지갈비 1인분을 주문했는데
돌아온 대답은,
"1인분은 주문이 안 됩니다. 2인분부터예요." 더란다.

그래서 결국 못 먹고 나왔느냐?
아니. A는 2인분을 주문해 먹었다.
처음엔 맛난 고기에 자신의 처지를 잊고 있었는데,
그러다 문득 생각했다.
크리스마스 시즌, 고깃집에서 혼자 돼지갈비를 구워 먹고 있는
나는 누구~? 여긴 어디~?

그런데 그 순간, 고깃집 사장님이
상추를 더 가져다주시며 하시는 말씀.

"많이 먹어요. 원래 애 가지면 먹고 싶은 건 먹어야 돼."

졸지에 임산부가 된 A는 뒤집던 고기를 말없이 내려놓고
조용히 식당을 나왔다.

나는 나이 마흔이 넘었지만
아직까지 혼자 식당에서 밥을 사 먹는 일은 못 하겠다.
살면서 난 어디까지, 어떤 메뉴까지 혼자 사 먹을 수 있을까?
앞으로의 내 용기가 궁금해진다.

혼자 종종 미술관에 잘 다니는 선배가
되게 재밌는 일이 있었다며 들려준 이야기.

어느 날, 미술관에서 그림을 구경하고 있는데
한 외국인 여성이 다가오더란다.
그러더니 다짜고짜 꽃 한 송이를 내밀더라나.

"무슨 일이시죠? 저한테 왜 꽃을 주시는 거예요?"
라고 묻고 싶었으나 영어가 짧은 관계로,
일단은 전 국민의 영어회화
"Where are you from?"부터 내뱉은 선배.

러시아에서 왔다는 그녀는 유학생이었고,
자신도 이곳에 혼자 그림을 구경하러 왔다고,
근데 누군가 이 꽃을 막무가내로 주고 갔다고,
알고 보니 이 꽃은 일종의 '아트 워크'인데
내가 이 꽃을 주면 당신도 이 꽃을 누군가에게 주고 나가야 한다고,
등등 많은 얘기를 영어, 손짓, 발짓 섞어 하더란다.

남편한테서도 못 받아본 꽃을 낯선 외국인 여성에게 받다니,
기분이 참 묘했더라나.
아트 워크라니까 그냥 버리고 갈 수도 없고,
선배 역시 두리번거리다가
혼자 온 듯한 중년여성에게 다가가 말을 걸었단다.

선배   저기…
중년여성   네?
선배   안녕하세요.
중년여성   네, 무슨 일로?
선배   저기, 꽃 받으실래요?
중년여성   네? 저한테 왜 이런 걸…?
선배   저도 잘 모르는데, 아트 워크래요. 호호.

당황하는 중년여성에게
꽃을 막무가내로 떠넘기고 미술관을 나온 선배.

그러면서 말한다.

"혼자 다니면 재밌는 일 많이 생겨. 너도 혼자 다녀봐."

하긴,
여럿이 몰려다니면 누가 나한테 쉽게 말을 걸 수 있을까.
혼자 다니는 걸 두려워 말아야겠다.
혼자일수록 여럿이 다가오리니!

웜 바디스

기분이 우울하거나
머리가 복잡하거나
외로움이 몰려올 때면,
혼자 극장에 간다.

주로 재난 영화를 보는데,
영화 속 재난은 현실에서의 고민이
얼마나 쓰잘데기 없는가를 깨닫게 해줘서 참 좋다.

그날도, 왠지 모를 우울함에 극장을 찾았다.
상영 시간표를 보니 가장 빨리 볼 수 있는 영화가 〈웜 바디스〉.
팸플릿 줄거리를 대충 읽어보니, 좀비가 나온단다.
원래 공포물을 좋아하진 않지만,
세상에 좀비가 들끓는 것도 재난이니까
재난 영화를 볼 수 있을 거라는 기대로 〈웜 바디스〉 표를 끊었다.

그리고 영화를 보고 나서,
나는 더욱 우울해졌다.

영화가 재미없어서도 아니고, 무서워서도 아니었다.
〈웜 바디스〉를 보며 느낀 건 단 하나.
좀비도 연애를 하는데! 이눔의 팔자!!
그런 일종의 자책 때문이었다.

세상에, 이젠 좀비까지 부러워해야 한다니!

좀비도 연애를 하는데 나는 왜 못 하고 있을까?
그날 밤 곰곰이 생각해봤다.
내가 좀비만도 못한 사람이기 때문일까?
아니다, 그렇게까지 생각하고 싶진 않다.
다만, 이런 건 있겠지.
'좀비'라는 조건까지 사랑할 만큼
내 마음이 순수하지는 않다는 것.

제한속도 50

아빠와 유포리 뒷길을 산책한 적이 있다.
춘천에서 양구로 가는 옛길이라는데
지금은 신작로가 생겨서 차가 거의 다니지 않는 도로다.
아빠 말로는, 하루에 한 대 다닐까 말까 하는데
그마저도 운전 연습하는 '초보운전' 차량이란다.

햇살 좋았던 어느 2월,
아빠와 그 옛길을 걷다가 '제한속도 50'이라는 표지판을 봤다.
신작로 제한속도가 80이니까, 50이면 꽤 더딘 속도다.

성질 급한 사람은 달리다 화병 나 돌아가실 제한속도 50.
그러나 나는 더디고 느린 게 좋다.
물론 더딘 만큼 출세 못 한다는 것도 알고,
빠르게 사는 사람보다 손해가 많다는 것도 안다.
하지만 '빨리빨리'를 외치며 살다가 놓치는 것들도 많을 테니
그냥 쌤쌤이겠거니 하고 살았던 것이다.

생
겨
요, 날

이런 느긋한 성격 때문에 아직 결혼 못 한 걸 수도 있고,
그래서 성공 못 하고 있는 걸 수도 있고,
성질 급한 사람에게 손가락질 받을 수도 있겠지만,
그래도 나는 제한속도 50으로, 옛길처럼 살란다.

그러니
빨리 달리고 싶은 사람은 신작로로 가길 바란다.
괜히 뒤에서 빨리 가라고 경적 울리지 말고.

각자 자기 성격에 맞는 길로 달리면 되는 건데
왜 자꾸 뭐라 하는 거야? 엉?!

그런 날이 있다.
왠지 그냥 집에 들어가기 싫은 날.

회의 끝나고 집에 가려는데
4시 방송 팀 작가들이 퇴근을 준비하고 있었다.

"어차피 지금 가면 퇴근시간이라 차 막히는데
우리 한강 갈까?"

그렇게 시작된 한강 치맥 나들이.

일단 치킨집에 전화를 걸어 '양념 반 프라이드 반'을 주문하고,
여의나루 한강공원으로 걸어가는 길에 치킨을 픽업해주시고,
편의점에서 캔맥주와 과자도 사서 고고싱~~!

방송국에서 들고 나온 신문지를 잔디 위에 펼친 후
근사한 치맥파티를 시작한다.

주위에선 버스킹 하는 젊은 청년의 노랫소리가 들려오고
그 노랫소리에 맞춰 같이 흥얼거려본다.

♬ 니가 없는 거리에는
내가 할 일이 없어서
마냥 걷다 걷다보면
추억을 가끔 마주치지~ ♬

기껏 해봐야 고등학생으로밖에 안 보이는 아이들도
남녀 짝을 지어 서로 볼을 비비며 난리 브루스를 추는 그곳에서,
20대 후반 여성 1인과 30대 중반 여성 1인
그리고 40대 초반 여성 1인(나),
이렇게 셋이서 맥주캔을 부딪쳤다.

20대 후반의 싱글 여성은
두 달 후의 독립을 꿈꾸며 들떠 있었고,
30대 중반의 싱글 여성은
드라마 작가 초급반을 수료하고
중급반에 도전한 얘기를 하고 있었으며,

40대 초반의 싱글 여성인 나는
강이 있고, 바람이 있고, 맥주가 있고, 치킨도 있고,
얘기를 나눌 지인들도 있고,
그래, 인생은 아름답구나, 라고 생각하고 있었다.

물론,
낭만적으로만 보이는 이 치맥파티의 끝은
아주 현실적이었다.

나　바람이 넘 차지 않니?
후배1　화장실 가고 싶어요.
후배2　나도. 맥주는 이래서 별로야.
나　그만 가자~

집으로 돌아오는 길,
다음엔 좀 더 철저히 준비해야겠다는 생각을 했다.
긴 소매 옷도 준비하고, 신문지 대신 돗자리,
맥주는 소주로 바꾸고, 물티슈도 가져가야지.
그러다가 이내 고개를 가로저었다.
'아냐, 아냐. 철저히 준비된 나들이보다
급조된 허술한 나들이가 더 재밌는 법이야.
허술하기 짝이 없어 재밌는 내 인생처럼.

CHICKEN & BEER

청약저축 해지하고 터키 가는 여자

정말 오랜만에
긴 휴가를 받게 되었다.
7월 말부터 8월 초까지.

같은 날 휴가를 받게 된 동생작가들과 모여,
이 황금 같은 시간을 어떻게 보낼까 하다가
함께 '터키'에 가기로 했다.

나   계획은 니가 짜. 난 무조건 따를게.

워낙에 계획 없이 사는 사람이라
여행을 갈 때도 단 한 번 뭘 미리 준비한 적이 없다.
(여행지에 대한 공부는 비행기 안에서 하는 게 전부.
여행을 갈 때는 대체로 원고를 써놓고 가야 해서,
비행기 타기 직전까지 원고를 썼다.
다 못 쓰면 여행지 호텔에서 쓴다. ㅜㅜ)

동생작가 언니, 이것저것 계산해보니까,
경비가 한 300만원 들 것 같아요.
면세점 개인 지출 빼고요.
나 응, 알았어~

대답은 그렇게 가볍게 했지만,
사실 여윳돈이 없다.

'아, 무슨 돈으로 터키 가지?
형제의 나라라면서 왜 이렇게 비싼 거야?
형제끼리 이래도 되는 거야?'

머리를 쥐어짜내고 짜내다가
문득 떠오른 돈줄 하나가 있었으니,
바로 주택청약저축이었다.
몇 년 전 아는 사람이 하나 들어달라고 해서
마지못해 들어놓고는 까맣게 잊고 있던 통장.
그 통장에 딱 300만원이 들어 있었다.

그때부턴, 기혼자들은 감히 상상할 수 없는
청약 해지의 합리화.

'내 평생 새 아파트 분양받아서 입주할 일이 있겠어?'
'난 원래 전세 사는 거 좋아해. 내가 딸린 식구가 있는 것도 아니고.'
'대출받아 새 아파트 샀다 치자! 아파트가 진짜 있으면
대출 갚고 뭐 하고 부담스럽기만 하지 않겠어?'

그리고 그 합리화는,
이런 결과로 맺어진다.

"그래, 나중에 집 있는 남자 만나 결혼하면 돼~"

그래서 내일, 청약 해지하러 간다.

내 집 마련 포기하고 터키 가는 여자.
터키에서 아파트보다 더 값진 걸 얻어오면 돼.
그게 뭐냐고 물으신다면,
음… 아파트 분양받은 터키 남자 정도?

가끔 이렇게
그냥 되는 대로 사는 것도 나쁘지 않다고 본다, 나는.
누군가 철없다고 욕을 한다 해도.
(엄마 빼고. 엄마가 알면 난 죽는다. ㅠㅠ)

청약통장은 또 만들면 되지만
터키는 또 언제 갈 수 있을지 모르니까.

터키여행 1. 출발

29세, 32세, 41세.
이 세 명의 싱글 여성이 7박 8일간의 터키여행을 떠났다.
전날 자정까지 미친 듯이 원고를 써대고
다음날 인천공항에 도착했을 때,
우리는 녹초가 되어 있었다.

일주일치의 원고를 한꺼번에 쓰는 동안
"우리 정말 터키로 떠날 수 있을까?"를 입에 달고 지냈는데,
"마침내 우리는 해냈어~"였던 것이다.

공항에 도착하자마자, 터키 여행책자를 샀다.
비행기 안에서 꼼꼼하게 다 읽고 터키 박사가 되어야지,
라고 생각한 지 5분 만에 비행기 안에서 곯아떨어졌고,
우리 옆에 멋진 유럽 남자가 앉았으면 좋겠어,
라고 생각한 지 5분 만에
누가 봐도 From korea인 아저씨가 앉으셨다.

그래도 괜찮아, 우리 패키지 멤버들 안에
싱글 남성 셋이 포함돼 있을지 몰라,
라고 생각한 지 12시간 만에
이번 여행 패키지 멤버들은 모두 가족 단위라는 걸 알았다.

그래도 괜찮아, 우리끼리 사진 많이 찍고 오면 되지,
라고 말한 지 10분 만에 29세 싱글 여성이 말했다.

29세 싱글 어머, 언니! DSLR을 놓고 왔어요. 흑흑.
충전기도 챙기고 메모리 카드도 여러 개 가져왔는데,
정작 카메라를 놓고 왔어요. 흑흑.
나 어우 야, 어떡해. 그래도 뭐 우리에겐 휴대폰이 있잖아.
휴대폰으로 찍어야지 뭐.
32세 싱글 어머 언니, 핸드폰 충전기 가져왔어요?
난 충전기 안 가져왔는데….

속옷 빨아 입겠다고 세탁비누는 챙겨 왔으면서
사진기는 한국에 두고 온 여자들.
패키지에서의 로맨틱한 만남을 꿈꿨지만
엄마, 아빠 ,아들, 딸이 함께 온 단란한 가족을 만나게 된 여자들.

시작부터 범상치 않았던 이번 여행은,
역시나 예상대로 순조롭지 않았던
'다이내믹 터키'를 선물해주었다.

그 본격적인 이야기는 다음 회에 계속됩니다. ^^

패키지로 떠나는 여행은
모든 것이 순조로울 줄 알았다.
그런데 아니었다.

여행 둘째 날,
새벽 4시에 모닝콜을 받고
5시에 호텔 조식을 먹고
6시에 케코바, 안탈랴 등을 돌기로 돼 있었는데,
5시에 호텔 식당에 내려가보니, 조식이 7시에 시작이라고 한다.

그렇지 않아도 피곤해 죽겠는데
새벽 4시에 사람을 깨워놓고 조식이 안 된다니!
게다가 가이드는 이 상황을 아는지 모르는지
식당에 나타나지도 않고 있었다.

29세, 32세, 41세 싱글 여성들이 누구인가?
태생은 온순하였어도, 산전수전 겪으며 드세진 언니들이 아닌가?
우리는 6시 30분에 나타난 가이드를 노려봤다.

가이드 출발시간을 7시 30분으로 하겠습니다.
일단 조식 드시고요, 천천히 나와서 버스 타세요.

"봤니? 봤어? 우리한테 사과 안 한 거 봤어?"
"상황 설명도 안 했잖아요."
"와, 이거 진짜 열받지 않니?
"그래, 우리가 총대를 메야겠어."

그렇게 우리 드센 여자 셋은,
아무도 시키지 않은 총대를 자진해서 멨다.

"그렇지 않아도 전날 늦게까지 돌아다녀서 피곤한데
우리를 왜 4시에 깨우신 거예요?"
"5시 출발이나 7시 반 출발이나 일정엔 차질이 없는 건가요?"
"그렇다면 더 이상한데요? 별 차이 없는데
왜 그렇게 일찍 깨우셨어요?"
"그리고 왜 우리한테 사과 안 하시죠?"
"누구나 실수를 할 수는 있지만, 이건 사후처리가
너무 미흡한 거 아닌가요?"

드센 여자들의 연속 '따다다~'에 당황한 가이드는,
호텔 측과 혼선이 있었고, 그래서 캡틴(운전기사)을 재촉해
운전에 스피드를 내달라고 할 생각이라고,
그러니 일정에 차질은 없을 거라고 해명했다.

"그러니까요, 그런데 이런 설명을 왜 미리 안 해주셨냐구요!"
"게다가 2시간 늦게 출발해도 단순히 운전만 빨리 하면
일정에 무리가 없을 거라는 말도 이해가 되지 않고요."
"먼저 사과하지 않으시는 것도 말이 안 된다고 봅니다."

우리의 '따다다~'에 당황했는지 반성했는지,
아무튼 가이드는 버스에 타자마자 마이크를 잡고 공식 사과를 했다.
호텔 측과 커뮤니케이션이 되지 않은 것도
당황한 탓에 전후 설명이 없었던 것도
모두 자신의 불찰이라며,
진심으로 죄송스럽게 생각한다고,
일정에 차질이 없도록 최선을 다하겠고

혹시라도 오늘 부족한 것은 이스탄불에 도착해서 만회하겠다며
거듭 사과했다.

사실, 우린 드센 여자들이기도 하지만
마음 약한 여자들이기도 하다.
사과를 듣자마자, 우리는 다시 모여 속닥속닥 뒷얘기를 시작했다.
"우리가 너무 드세게 굴었나?"
"하긴, 다른 식구들은 다 가만 있는데 우리만 항의한 것 같아요."
"여자 셋이 득달같이 달려들었으니 무섭긴 했을 거야."
"왜 이렇게 미안해지죠?"
"이따 아이스크림 쏜다고 할 때, 언니가 물개박수 친 거 봤어요.
언니 너무 빨리 화 푸는 거 아니에요?"
"아이스크림이라잖아. 터키 아이스크림이 얼마나 쫀득한지 알지?"

그날 밤, 우리는 와인 한 병을 앞에 두고
열띤 토론에 들어갔다.
과연 오늘 우리가 가이드의 실수에 파르르 떨었던 건,
결혼도 연애도 못 하고 있는 나이 든 여성들이기 때문인가,
아니면 원래 성격이 이런 것인가.

나 우리가 결혼을 안 해서 그런 것 같아.
결혼을 하면 경우의 수가 많으니까 인내심이 많아지잖아.
29세 그건 아닌 것 같은데요. 아까 들으니까
남매 어머니는 우리보다 먼저 한바탕하셨다던데.
32세 그럼 그냥 성격 탓인가 봐요.
우리가 나이 든 노처녀라 그런 건 아니에요!
나 그래? 그렇담 다행이구.
자, 마시자~ 터키를 위하여!

그 후 우리는,
가이드의 말을 잘 듣는 순한 양이 되었다.
5시에 모이세요, 하면 4시 50분에 대기해 있고,
이런저런 설명을 들으면 크게 고개를 끄덕이고,
쇼핑센터에 내려놓으면 뭐라도 사야 할 것 같아
적극적으로 쇼핑에 임했다.

그러고 보면, 가끔은 문제가 일어날 필요도 있는 것 같다.
문제를 해결하는 과정에서 싸움도 나고 감정도 상하지만
분명 개선되는 점이 있으니까.

그리고 그것은 여행뿐만 아니라
남녀관계에도 해당되는 얘기일 것이다.
연애도 낯선 남녀가 만나
같은 목적지를 향해 가는 또 다른 여행 아니던가.

터키여행 3. 노처녀 = 효녀

여행 마지막 날 밤,
패키지에서 만난 일행들이 모여
간단한 맥주파티를 열었다.

돌아가면서 한마디씩 하는데
딸과 함께 여행 온 어머니가 말씀하셨다.

"우리 딸은예, 효녀라예.
어릴 때부터 지 공부 지가 알아서 하고,
고등학교 때 혼자 서울 올라가 의사 됐어예.
용돈도 한 달에 200만원씩 부쳐주고."

모두들 따님이 정말 효녀라고 칭찬하자
어머니는 마지막에 이런 얘기를 덧붙이셨다.

"지금은 그런데예, 또 모르지예.
결혼하믄 지 가족 챙기느라 우리는 신경 몬 쓰지 않겠습니꺼.
지금은 결혼 안 해서 효년 기라예."

그 순간, 울 엄마가 떠올랐다.
우리 엄마도 내가 양수리 같은 곳에 모시고 나가면
비슷한 말씀을 하셨다.

엄마 니가 결혼을 안 했으니 이렇게 나를 끌고 다니지,
결혼했으면 애 똥기저귀 빠느라 엄두도 못 냈을 텐데.
나 그치? 그러니까 내가 결혼 안 하는 게 효도하는 거지?
엄마 암~

결혼 안 하고 있는 것 자체가 불효라는 편견과 달리
대부분의 많은 싱글 여성들은 이렇게 효도를 하며 살고 있다.

물론,
'쯧쯧, 철없는 것' 하며 혀를 차시는 때도 있다.
나 역시, 가끔 나를 측은하게 바라보는 엄마의 눈빛을 볼 때마다
'불효를 하고 있구나' 하는 생각, 종종 하니까.
그치만 이런 효도가 있으면 저런 효도도 있는 법!
그냥 남들이 다 하는 이런 효도 말고
또 다른 방법의 저런 효도를 하고 있는 거라고,
그렇게 믿고 살란다.

레지던스 호텔

어느 해 겨울,
날은 춥고 일은 많은데 쉴 수는 없고,
또 한 해가 가는구나 하고 짜증은 나고,
그렇게 부글부글 폭발하기 일보 직전,
지인에게서 전화가 왔다.

"우리 주말에 레지던스 호텔에 모여서 놀까?"

그 고마운 지인 덕분에, 싱글 여성 넷이
안국역 앞 레지던스 호텔에 모였다.

방 3개에, 통창이 있는 넓은 거실, 그리고 바를 겸비한 부엌.
평생 이런 데서 살 기회가 있을까 싶게 고급스러웠다.

다들 바쁜 탓에,
낮엔 각자 볼 일을 보고
저녁이 되어서야 온전히 모일 수 있었던 우리들.

47세 싱글 여성이 가져온 고급 와인과
52세 싱글 여성이 가져온 과일 안주와
37세 싱글 여성이 선곡해온 음악과
내가 가져온 컵라면.

흔히 회식에서 먹는 '부어라 마셔라' 식의 술자리가 아닌
상류층 사람들처럼 손목 스냅을 이용해 잔 속 와인도 돌려보고,
그동안 서로 알지 못했던 가정사도 털어놓고,
이 세상이 제대로 돌아가기 위해 우리가 해야 할 일은 무엇인가
철든 고민도 해보고,
그리고 와인에 어느 정도 취했을 땐
지난 사랑을 고백하며 목놓아 울기도 했다.

그렇게 모두들 취해 자세가 흐트러져갈 무렵,
누군가 말했다.

"우리 삼청동 좀 걸어볼까?"

그렇게 얼굴 벌게진 여자 넷은
한겨울 밤, 삼청동을 걷게 된 것이다.

"술에 취해 그런가, 하나도 안 춥다. 하하하!"
"여기 이 가게 와플 진짜 맛있다?! 꼭 먹어봐. 호호호!"
"저 크리스마스 트리 진짜 예쁘지 않아요? 히히히!"

별 시답지 않은 얘기를 나누고도 뭐가 그렇게 좋은지,
'하하 호호 히히' 웃음소리는 끊일 줄을 몰랐다.

"여자 넷이 이러고 다니니까 남자들도 무서운가 봐.
우리한테 접근을 안 하네."
"근데 남자 다 필요없는 것 같애.
우리끼리 있어도 이렇게 재밌는데!"
"아니거든? 남자는 필요하거든? 난 계속 연애하면서 살 거야~"
"지랄을 한다."

그리고 누군가 조용히 제안했다.

"우리 월요일부터는 진짜 행복하게 살자. 지금처럼."
"웅. 나는 예전부터 열심히 살았었어, 언니."
"지랄을 한다."
"언니, 고운 말 좀 쓰면 안 되우?"
"쌍으로 지랄들이구나."
"하하하 호호호 히히히, 그래 어찌 됐든 행복하게 살자~"

그리고 두 팔 벌려 밤하늘을 올려봤을 때
그날 하늘에선, 기적처럼
눈이 내.렸.다.

다음날 우리는
그 레지던스 호텔이 무지 비싼 곳이라는 걸 알았다.
호텔비를 선불로 계산한 지인은
다음에 또 모이자는 말을 남기고 유유히 사라졌다.

역시 멋진 싱글이 되려면 돈이 있어야 해. ㅜㅜ
이제 허리띠 바싹 졸라매고 열심히 돈을 모아볼까나. ^^

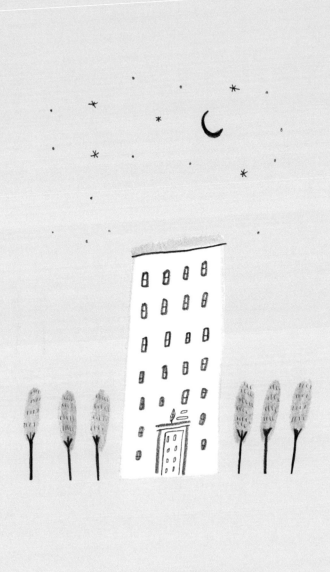

롯데 병원

백화점을 '병원'이라 부르는 후배가 있다.
처음 그 후배와 같이 일을 하게 됐을 때,
그녀가 말했다.

"언니, 롯데 병원 갈래?"

롯데에서 병원을 지었었나?
롯데 병원이 어디 있냐고 물으니, 영등포에 있단다.
에엥???

"아이참, 롯데 백화점!
백화점은 내 우울증을 치료해주고 스트레스를 날려줘.
그니까 나한테 백화점은 병원이지.
목동 현대 병원도 좋은데 같이 가자, 언니!"

목동 현대 병원에 간 후배는
영양제 맞은 아이처럼 이리저리 잘도 뛰어다녔고
기분 좋게 이것저것 잘도 샀다.

여기까지만 들으면 '저년, 된장녀 아냐~?!' 하겠지만
다음날, 그녀는 말했다.

"언니, 어제 산 거 다 환불하고 왔어.
집에 가서 보니까 별로더라고."

그녀는 그런 식이다.
사기도 잘 사지만, 환불도 잘한다.
그래서 실질적으로 그녀가 백화점에서 쓰는 돈은 많지 않다.
백화점에는 미안한 말이지만,
나는 그녀의 환불 쇼핑 방식이 좋다.

그녀의 백화점처럼, 나의 병원은 무엇이 될 수 있을까?
그곳에 가기만 하면 스트레스가 풀리고 우울함이 사라지는 곳.
나도 나만의 병원을 만들며 살아야겠다.
세상엔 나를 아프게 하는 것들이, 사람들이,
너무 많으니까.

디너 무비

출출하긴 하지만
그렇다고 밥을 차려먹고 싶진 않은 퇴근길엔
극장으로 향한다.

그리고 가능한 한 인기 없는
그렇지만 나쁘지 않은 영화 한 편을 고르고,
김밥, 샌드위치, 햄버거 등을
가방에 넣어 몰래 가지고 들어간다.
(롯데 시네마 관계자 여러분, 죄송합니다.)

인기가 없는 탓인지
평일 저녁 극장은 텅텅 비어 있다.
맨뒷줄 가운데 좌석쯤에 앉아,
신발도 벗고
광고 나올 때부터 저녁식사 시작~!

야~! 신난다~!

커다란 스크린을 보며 먹는 저녁식사는
온 가족이 둘러앉아 먹는 밥상만큼이나 꿀맛이다.
이 맛에 혼자 살지, 싶을 정도로.

 맥도널드 커피

요즘 소소한 행복이 생겼다.
오전에 필라테스를 한바탕 한 후,
필라테스 학원 바로 옆에 있는 맥도널드에 가서
천원짜리 커피 한 잔을 마시는 거다.
(3천원짜리 커피도 있는데, 내 입에는 천원짜리 커피가 잘 맞는다.
역시 난 싸구려 입맛.)

맥도널드가 좋은 이유는
독서실 같은 칸막이가 쳐진 2인용 테이블이 있기 때문인데,
(의자는 두 개지만, 사실상 혼자 앉아 먹기 좋은)
혼자 뭐 먹기가 좀 거시기한 사람도 그곳에 앉으면
남의 시선 신경 쓰지 않고 얼마든지 먹을 수 있다.

그렇게 앉아서 창밖도 구경하고
옆 테이블 사람 얘기도 엿듣고
떠오르는 아이템 메모도 하면서
한 30분 앉아 있다 출근하면,
마음이 차분해지고 생각도 깊어져서 참 좋다.

목소리 큰 사람도 많고
자기 얘기 길게 하는 사람도 많고
높은 분들의 충고도 많은 이 세상에,
내 안의 소리를 들을 수 있는
'맥도널드 커피 30분'이 나는 참 좋다.

I love paris

그해 겨울,
파리에 갔다.
1년이 지나도록 지워지지 않는 그를 잊기 위해
때마침 나와 비슷한 시기에 이별했던 친구 A와 함께
파리행 여행길에 올랐다.

"파리에 가면 분명 잊을 수 있을 거야."

실제로, 여행을 준비하는 동안
잠시 이별의 아픔을 잊은 것도 사실이었다.

그래서 기대했다.
파리에 다녀오면 정말 그를 잊을 수 있을 거라고.
파리지앵처럼 멋지게 놀다 올 거라고.

그런데 파리에서도 그는 줄곧 나를 따라다녔다.
루브르 박물관 앞에 줄을 섰을 때도,
파리 맥도널드에 가서 햄버거를 주문할 때도,
호텔 발코니에서 거리를 내려다볼 때도,

생
거느
요,냅

그는 계속 내 눈앞에 서 있었다.

비싼 비용을 들여 간 파리에서 잊지도 못하고…
지금 생각하면 진짜 미친년이었다, 내가.

그러다 여행 이틀째 되는 날,
현지에 사는 한인 가이드의 도움을 받았는데
가이드가 우리에게 이런 제안을 했다.

가이드 이것으로 관광은 마치고요. 저희 집에 가서 차 한잔 하실래요?
샹젤리제 거리에서 멀지 않아요.

나이스~!!
그래, 파리의 로맨스는 이렇게 시작되는 거야!
솔직히 낯선 남자의 집에 간다는 게 좀 두렵긴 했지만
혼자 가는 것도 아니고,
게다가 여긴 낭만의 도시 파리 아닌가. 하하하.

그렇게 따라들어간 가이드의 집.
파리의 고성 느낌이 고스란히 묻어나는 그 집엔,
여자가 한 명 있었다.

가이드 우리 누나예요.

그녀는 까만 원피스를 입고 있었는데,
남편을 여읜 지 얼마 되지 않아 상중이라 했다.
누나는 편히 앉으라며 차와 쿠키를 내왔다.

찻잔에서도, 쿠키 접시에서도 우아함이 묻어났다.
그렇게 듣게 된 누나의 러브 스토리.

아랍계 남자와 결혼한 후, 그녀는 정말 행복했다고 했다.

누나 정말 행복했는데, 이렇게 혼자될 줄은 몰랐네요.
인생은 한 치 앞도 모른다는 말이 딱 맞아요.
그러니 그저 순간순간 행복하게 사세요.

그녀의 눈가엔 어느새 눈물이 고여 있었다.

한국에 돌아온 후, 그녀와 몇 번 메일을 주고받았지만
긴 인연으로 이어지진 않았다.
하지만 그녀가 했던 '순간순간 행복하게 사세요'라는 말은
오래도록 마음에 남았고,
순간순간 행복하게 살다보니, 신기하게도 그를 잊게 되었다.

파리에서까지 날 괴롭히던 그는
지금 같은 서울 하늘 아래 살고 있지만, 전혀 떠오르지 않는다.
그렇게 아프게 생각했던 그를 이렇게 까맣게 잊게 될 줄이야.
인생은 정말 한 치 앞도 모른다는 게 맞는 것 같다.

생 ㅇ
겨ㄴ
요,넌

연극이 끝나고 난 뒤

〈옥탑방 고양이〉라는 연극을 본 적이 있다.
당시 소셜커머스에서 가장 핫한 공연이라고 광고해준 덕분에,
할인된 가격으로 표를 구입해서
같이 일하는 동생작가들과 보러 갔다.
(I love coupang!)

커플들 사이에 여자 셋이 자리를 잡고 앉았다.
"다른 좋은 데도 많은데 커플들은 왜 이런 소극장엘 왔대?"라는
말도 안 되는 트집을 잡아가며 공연 관람.

연극이 끝난 후 일어서려는데,
배우가 잠시 이벤트가 있다며 10분만 시간을 내어달란다.

그 이벤트란,
관객으로 온 남자 한 명이, 내일이 결혼인데 프러포즈를 하고 싶다며
무대 위로 편지를 들고 올라온 것이었다.
아놔, 내가 이 불금 저녁에 왜 남의 프러포즈를 보고 있어야 하지?
하는 생각과 함께 짜증이 확 밀려왔다.

생겨느요늬

남자가 편지를 읽기 시작했다.

"내 생애 가장 잘한 선택은 너와 결혼하는 것.
그러니 내가 너를 끝까지 책임질게.
나랑 결혼해줘서 고마워. 사랑해."

여자는 엉엉 울기 시작했고,
두 사람은 많은 사람들의 박수를 받고 무대에서 내려왔다.

그런데 말이지,
배가 아파서가 아니라 나 진짜로,
사람 많은 데서 저렇게 편지 읽어주는 거 하나도 안 부럽다.
간혹 하트 모양으로 촛불 켜놓는 이벤트를 하는 커플도 있던데,
천하에 그것처럼 안 부러운 게 없다.
트렁크에 풍선 넣었다가 날려주는 거,
진짜 그거 하면 내 손에 죽는다.
침대 위에 장미 꽃잎 뜯어놓는 거,
하기만 해! 가택 침입죄로 고소할 거다.

다만 부러웠던 건, 그 편지의 내용이었다.
'내 생애 가장 잘한 선택은 너와 결혼하는 것'이라는 말 한마디에,
부러움이 몰려왔다.
누군가에게 그런 말을 듣는다는 건,
행여 그 결혼의 끝이 해피엔딩이 아닐지라도
꽤 괜찮은 기억 아닐까.

봄꽃 축제

벚꽃잎이 아름답게 날리는
봄꽃 축제의 계절이 오면,
여의도는
드럽게 막힌다.

윤중로의 교통통제와
수많은 사람들로 인해,
사람이 꽃을 구경하는 것인지
꽃이 사람을 구경하는 것인지 알 수 없을 만큼 번잡하다.

구시렁거리며 그 번잡한 길로 출근을 하던 중
신호에 걸려 차를 멈추었다.
내 차 옆 인도로 한 노부부가 지나간다.
중절모를 쓴 할아버지와 분홍 투피스를 곱게 차려입은 할머니가
두 손을 꼭 잡은 채 걷고 있다.
창문을 열어놓아서 노부부의 음성이 또렷하게 들려왔다.

"영감, 우리 내년에도 이 꽃 볼 수 있을까?"
"밥 잘 먹고 똥 잘 싸서, 내년에도 꼭 보러 옵시다."

빵빵!

뒤차가 클랙슨을 울린다.

신호가 바뀌었다.

한참을 달렸는데도 노부부의 대화가 여전히 귓가에 울린다.

"내년에도 이 꽃 볼 수 있을까?"

나는 내년에도 여의도로 출근하며 오늘처럼 지낼 수 있을까?

지금이, 오늘이, 내 젊음이

왠지 모르게 감사하게 느껴지는 날이었다.

라일락 꽃향기 맡으며

킁킁…
어? 이게 무슨 꽃향기였지?
킁킁…

그래, 라일락이다!

집 앞 골목길이 라일락 향기로 가득찼다.
참 신기하기도 하지.
겨우내 쓸쓸하고 스산하게까지 느껴지던 이 골목이
라일락 향기 하나로
따스하고 밝아진 느낌이다.

향기란 그런 것이겠지.
아무것도 없지만, 가득 들어찬 것처럼
변한 건 없지만, 완전히 변한 것처럼
그렇게 세상을 바꾸는 힘, 향기.

아마도 사람의 향기 또한 그러하겠지?

PART 5

어떤 날의
마음 수다

내 삶을 가만히 들여다본다.
혼자 살았지만, 늘 누군가 곁에 있었구나.
그게 가족이든, 남자친구이든, 지인이든.
사는 건 그런 게 아닐까. 혼자여도 결국 함께인 것.

돌아온 싱글

"결혼한 친구들이 하나씩 돌아오고 있어요.
즉, 함께 놀 친구들이 다시 많아지는 거죠.
언젠가 이런 날이 올 줄 알았습니다."

건너 건너 알게 된 40대 초반의 한 싱글남이
그렇게 싱글 친구 얘기를 하며 싱글싱글했다.

남의 불행은 곧 나의 행복이라는
놀부 심보 때문은 아닐 것이다.
나와 내 친구도 이런 비슷한 얘기를 한 적이 있다.

30대 초반,
친했던 친구들이 하나둘 결혼하고
결혼생활로 인해 더 이상 나와 놀아줄 수 없게 됐을 때,
'이러다가 나중에 놀 사람이 아무도 없는 거 아냐?' 하는 불안감에
결혼을 앞둔 친구들을 뜯어말리고 싶었던 적이 있었다.

"애들아, 니들이 이러면 안 되잖아.
당장 그 결혼 없던 일로 하지 못하겠니?"

그런데 40대가 되고 나니,
그것이 기우였다는 걸 알게 됐다.
왜냐,

첫째, 이혼하고 돌아온 싱글들이 많아지고 있고,
둘째, 꼭 이혼이 아니더라도 결혼생활에 염증을 느껴
밖으로 겉도는 기혼녀들이 늘고 있으며,
셋째, 다 키운 자식에게 허무함을 느끼는 엄마들이
다시 싱글 친구를 찾고 있기 때문이다.

때문에 요즘은 시간이 없어 못 만나지
만날 사람 없어 못 만나지는 않고 있는데,
다만 이런 건 있다.
'주말'에는 같이 놀 사람이 별로 없다는 거.

"주말엔 남편 밥 차려줘야지."
"주말엔 애가 어린이집을 안 가서 애 봐야 돼."
"주말엔 가족이 다 같이 놀이공원 가기로 했어."

뭐, 그래도 괜찮다.
주말엔 나도 가족과 함께 보내면 되니까.

"사랑스런 조카 주희야, 주말에 이모랑 영화 볼래?"
"이모, 나 시험인데."

뭐, 그래도 괜찮다.
춘천에 가면 되니까.

"아빠, 이번 주말에 내려갈게요."
"힘들 텐데 그렇게 매주 올 필요 없어. 편한 대로 해."

"갈게요."
"매주 힘들게 올 필요 없다니까."
"그래도 갈게요."
"글쎄 괜찮대도. 서울에서 놀아."
"(화내며) 서울에 놀 사람이 없다구!
이번 주말에 갈 테니까, 딱 기다려!"

생ㅇㄴ
겨ㄴ
요,넙

그래서,
건너 건너 알게 된 그 40대 초반의 싱글남은
주말에 혼자서도 잘 놀 수 있는 '취미'를 개발하고 있단다.
예를 들면, 미드 몰아 보기 / 만화책 쌓아놓고 보기 /
인터넷 바둑 두기 / 구석구석 대청소 스킬 터득하기 등등.
하긴 그렇게 주말만 혼자 잘 버티고 나면
평일엔 만날 사람 천지니까,
뭐 그럭저럭 외롭지 않은 인생이 되겠지.

전국의 모든 싱글이여! 아자아자 파이팅!

드라마 속 골드미스

TV를 보고 있는데 친구 A에게서 카톡이 왔다.

"저 드라마 너무 짜증 나.
노처녀를 무슨 미친년처럼 만들어 놨어."

A가 말한 드라마로 채널을 돌려보니
39세 노처녀로 나오는 여자가 온갖 히스테리를 부리고 있다.
심지어 주연도 아니면서!

이래서 노처녀 나오는 드라마는 보기가 싫다.
드라마 속 노처녀들은 크게 세 부류로 나뉜다.

'사이코'이거나
'개-사이코'이거나
'존나-사이코'다.

한마디로 정상이 없다.
물론, 결혼을 못 한 데는 그럴 만한 이유가 있을 것이다.

하지만 그것이 꼭 성격적인 결함 때문은 아니며
결혼을 못 해서 성격에 결함이 생기는 것도 아니다.

일찍 결혼한 사람은 어쩌다 보니 일찍 결혼하게 됐고
이혼한 사람은 어쩌다 보니 이혼하게 됐고
늦게까지 결혼을 안 한 사람은 어쩌다 보니 안 하고 사는 거지,
거기에 뭐 꼭 특별한 이유가 있어야만 하는 걸까?

제발 드라마 속 노처녀를,
늦게까지 결혼 안 하고 있다는 이유만으로
결혼 못 해 안달 나서 결국 정신이 어떻게 돼버린 여자처럼
그렇게 만들지 말아주면 좋겠다.
나를 포함해 꽤 많은 싱글들이
혼자면 혼자인 대로 그럭저럭 잘 살아가고 있으니.

문득 영화 〈관능의 법칙〉에 나온 대사 하나가 떠오른다.
"결혼이, 삶의 방식이지 사랑의 방식은 아니잖아요."

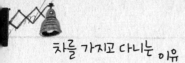

차를 가지고 다니는 이유

찬바람이 싸늘하게 두 뺨을 스치면
따스하던 삼립호빵이 몹시도 그리워진다.
그리고 솔로들은,
외로워진다.

어느 늦가을과 초겨울 사이,
전철역에서 집으로 걸어가던 중
편의점을 지나다 호빵을 발견했고,
문득 가슴이 서늘해지면서 외로워졌다.

그래서
역시나 솔로인 친구 A에게 문자를 보냈다.

"지금 집으로 걸어가고 있는데, 호빵 보니까 넘 외로워."

그랬더니 친구에게서 바로 전화가 왔다.

"야, 그러니까 내가 차 가지고 다니랬잖아.
내가 된장녀라서 차 끌고 다니는 줄 아니?
외로워서 차 가지고 다니는 거야.
찬바람에도 외로워지고, 전철 안 커플만 봐도 외로워지고.
어디 싱글이 겁도 없이 커플 세상을 걸어다녀?!
너도 담부턴 차 가지고 다니란 말야."

바로 이것이,
주말에 차가 막히는 줄 알면서도
싱글들이 차를 가지고 다니는 이유.
된장녀라서가 아니라, 외로워서다.
껴이꺼이.

벽에 똥칠할 때까지

언젠가,
혼자 살고 있는 마흔네 살 싱글 선배가 말했다.

"나는 지금 당장 죽는다 해도 별 미련이 없어.
책임져야 할 자식이 있길 하니, 죽고 못 사는 남편이 있길 하니.
여기저기 여행도 많이 다녀 봤고, 곱씹을 첫사랑의 기억도 있고….
지금 죽어도 크게 슬프지 않을 것 같아."

나도 선배의 말에 공감한다.
세상 살기 싫다, 뭐 그런 비관은 아니지만
그냥 세상에 큰 미련이 없다.
그런데 지금 죽어도 미련이 없다던 언니는
한마디 덧붙였다

"단, 부모님보다 먼저 가진 말자.
여태 결혼 못 한 것도 죄송한데,
부모님 가슴에 더 큰 못을 박을 순 없잖니."

선배와의 통화 후,
왠지 가슴이 뭉클해져 엄마한테 전화를 걸었다.

"엄마, 별일 없지?
 나? 나야 물론 잘 살고 있지, 혼자서도."

['평생 결혼하지 않은 사람들은
결혼, 이혼, 별거한 사람들과 비교했을 때
조기 사망의 가능성이 훨씬 더 큰 것으로 나타났다'고
미국 캘리포니아대 연구팀이 밝혔다.]

이런 기사를 본 적이 있다.
읽는 순간, 괜한 오기가 발동했었다.

야, 요거 봐라? 캘리포니아대 연구팀,
그래, 어디 두고 보자.
내가 벽에 똥칠할 때까지 기를 쓰고 살아서
혼자서도 오래 산다는 거 증명해주마.

보약이나 챙겨 먹어야겠다.

멈춰진 통장 내역 사이로

춘천에 내려갔더니,
엄마가 내 이름으로 된 국민은행 통장을 내밀며
말씀하셨다.

"여기 39만원 남았는데, 니 신분증이 없어서 못 찾았다.
서울 가서 찾아 써."

그러면서 덧붙인 말씀.

"근데 그거 반땅 안 할래?"

통장을 열어보니,
몇 년 전 날짜를 끝으로
잔액 39만원이 찍혀 있었다.

이게 웬 공돈이냐 싶었던 나는,
인심 쓰는 셈 치고
선불로 엄마에게 20만원, 아빠에게 10만원을
용돈으로 드린 후 서울에 왔다.

그리고 며칠 후,
여의도에서 가장 크다는 국민은행 본점을 찾아가
당당하게 말했다.

"여기 있는 통장 잔액,
모두 기업은행 통장으로 옮겨주세요."

그러나 잠시 후 돌아온 대답.

"잔액이 없는데요."
"네?!!"

두둥.

사연인즉슨,
돈은 예전에 모두 빼서 썼는데
잔액 39만원을 끝으로 정리를 하지 않은 통장을 본 엄마가,
그 돈이 남아 있다고 생각한 것이었다.

화끈거리는 얼굴로 국민은행을 나와
엄마한테 전화를 했다.
그러자 엄마의 말씀.

"통장 정리를 한참 동안 안 해서 돈이 남은 줄 알았다.
그러고 보니 예전에 현금카드로 다 찾아 쓴 것 같네.
미안하다. 돈 다시 돌려주랴? 깔깔깔~"

그러고 보니, 통장 정리 안 하고 산 지 정말 오래됐다.
내 통장들은 2007년을 끝으로 그 어떤 내역도 정리가 안 돼 있다.
그러니까 내 통장은,
2007년 4월 12일 잔액 39만원에 멈춰 있는 것이다.
2007년에서 2014년 사이,
숱한 돈이 빠져나가고 들어왔을 텐데
내 통장에 찍힌 잔액은 그냥 과거에 머물러 있다.

어쩌면,
사랑했던 그 사람도 마찬가지겠지.
그도 나이가 들고, 생각이 변하고, 상황이 변하여
예전의 그 모습이 아닐 테지만,
여전히 내 기억 속엔 5년 전 모습만 찍혀 있다.
마치, 내역이 정리되지 않은 통장처럼.

우리 엄마의 초긍정주의

뉴스를 보다가
우리 엄마가 가끔씩 하시는 말씀.

엄마 그래, 요즘 세상엔 결혼 안 해도 괜찮아.
대통령도 혼자 사시잖니.
나 엄마, 아무리 그래도 비교 대상이 너무 높은 거 아니우?

결혼 안 한 과년한 딸을 둔
우리 엄마의 초긍정주의. ㅋㅋㅋ

41년 동안 단 한 번도
결혼 안 한다고 타박하거나
언제 할 거냐고 재촉 안 해주신
아빠 엄마께
진심으로 감사드립니다.

연기인생 41년

살다보면 가끔
본심을 숨긴 채 연기해야 될 때가 있다.

뒤에서 욕을 할지언정
앞에서는 절대 욕하지 말자는 주의로 살고 있긴 하지만,
누굴 욕하고 싶어서가 아니라
'방어'의 의미로 가끔 연기를 한다.

그 대표적인 것 중 하나가
남의 애를 보고 귀여워 죽겠다는 듯 말을 거는 거다.

"어머, 아가야, 너 참 귀엽게 생겼다~ 언니가 사탕 줄까?"
(곧 죽어도 이모나 아줌마라고 안 하고, 스스로를 꼭 '언니'라고 칭한다.)

내가 이런 연기를 하게 된 건 나름의 트라우마 때문이다.
언젠가 "나는 애가 별로더라"라고 한마디 했다가
주위 사람들로부터 모성애가 없다느니,
냉혈 인간이라느니, 여자가 뭐 그러냐느니,
그리고 결론은 '지 애를 안 낳아봐서 저러지'로 끝났다.

그 얘길 들은 후로는
애기들을 보면 반사적으로 연기를 한다.

"어머, 아가야, 너 참 귀엽게 생겼다."

아마도 앞으로 연기할 일은 더욱 많아질 것 같다.
화를 내면 노처녀 히스테리라고 할 테니
화 안 나는 척 연기해야 하고,
피곤해 하면 나이 들어 그렇단 소리 들을 테니
피곤하지 않은 척 연기해야 하고.

이러다가 나중에 아카데미 여우주연상 받는 건 아닐지. 쩝.

착시 현상

마흔이라는 글자를
미혼이라고 읽었다.

아무리 눈 뜨자마자 비몽사몽간에 읽은
신문의 헤드라인이지만
피식 웃음이 났다.

마흔과 미혼.
어쩐지 좀 닮아 있다.
외롭다는 점에서.

한밤중 카톡

남 자기, 자?

여 아니, 왜?

남 자기 생각나서.

여 아잉, 얼른 자~

남 내가 지금 갈까?

여 한밤중인걸. 내일도 볼 거잖아. 잘 자~

연인이라면 한밤중 이런 카톡을 주고받겠지.
그러나 나는, 이런 카톡을 주고받는다.

나 자?

후배 아뇨, 왜요?

나 GS 홈쇼핑 좀 봐봐. 나 저 가방 살까?

후배 잠깐만요.
장담하는데, 언니 저런 가방 있어요.

나 아, 그래? 그러고 보니 그런 거 같다.
고마워. 잘 자라.

잠시 후.

후배 언니, 자요?

나 아니, 왜?

후배 지금 라면 먹으면 살찔까요?

나 넌 말랐으니까 먹어도 돼. 근데…

후배 네.

나 지금 달걀 삶아 먹으면 살찔까?

후배 두 개까진 괜찮아요.

나 오케이, 그럼 삶는 걸로.

후배 네, 저도 끓이는 걸로.

뭐, 꼭 사랑의 대화여야만 맛있나?

이런 야식 대화도 맛.있.다.

354

34평쯤 되는 아파트에서 혼자 살고 있는 싱글 여성 A선배는
최근 60인치 TV를 새로 구입했다.
그전에 있던 TV도 결코 작진 않았는데 열이 너무 많이 나,
여름엔 TV 때문에 에어컨을 켜야 하는 불상사가 있었단다.
그래서 바꾸는 김에 큰맘 먹고 60인치로 샀다는데…

그리고 얼마 후,
선배는 레알 마드리드의 경기를 실시간으로 보고 있다며
카카오스토리에 사진을 올렸다.
과연 예상했던 대로 커다랗고 선명한 화면에,
사진만으로도 '소리가 쩌렁쩌렁 울리겠구나' 짐작할 수 있는
웅장한 TV가 보였다.

TV가 커서 너무 부럽다고, 사진 밑에 댓글을 달았다.
그러자 내 댓글 밑에 선배의 댓글이 올라왔다.

"예전과 달라진 걸 별로 못 느끼겠어. 딱 하루만 좋았음."

자꾸 보다 보니 TV가 크다는 생각이 안 든다는 것이다.
그게 뭔지 알 것 같아 피식 웃었다.

나 역시 노트북을 작은 것에서 큰 것으로 바꿨지만
쓰다 보니 크다는 생각이 별로 안 들었고,
예전 원룸보다 지금 사는 원룸이 더 크지만,
계속 살다 보니 더 크다는 생각을 못 하고 있다.

익숙함이란 그런 건가 보다.
큰 TV가 크다는 것을 모르고
평화로운 날들이 평화롭다는 것을 모르고
사랑이 사랑인지를 모르는,
익숙함이란 그렇게 위험한 것인가 보다.

부적절한 농담

케이블에서
〈굿 와이프〉 시즌 4를 방영하는데,
제7화의 제목이 '부적절한 농담'이다.

제목이 마음에 들어서 메모해두었다.
부적절한 농담.

말이 나와서 말인데,
늦게까지 결혼을 안 하고 있으니 듣게 되는
부적절한 농담들이 꽤 많다.
그중 하나를 예로 들면,

"그 나이에 아직까지 초혼인 남자를 바라면 안 되지."
"그저 남자이기만 하면 묻지도 따지지도 말고 결혼해요."

내가 아무 대꾸 안 하고 있으면
농담이었다고, 껄껄 웃는다.

받아들이는 사람이 상처를 받았다면 그건 농담이 아니라고 본다.
'뼈 있는 농담'이라는 말이 있지만,
그건 이쪽에서 뭔가를 잘못했을 때나 가능한 표현이다.
우리가 남자에 대해 뭔가를 바라는 건, 잘못이 아니잖아.
그게 뭐 잘못이야, 그냥 '바람'일 뿐인데.

차라리, '내가 조심스레 조언하는데'라고 말한다면
고마운 충고로 받아들일 수 있고,
그게 현실이구나 하고 납득할 수도 있다.

그런데 난데없이 술자리에서 상처 주는 농담들은
이 시간 이후부터 '부적절한 농담'이라 규정하겠다.
뭐, 내가 규정했다고 해서 그쪽에서 신경쓸지는 모르겠지만,
어쨌든 부적절한 농담을 대하는 나의 대응은, 반사~!
이제 나에게 상처되는 부당한 말은 받아들이지 않을 거야.
너나 가져. 반사~!

발레리나

다시 태어나면 발레리나로 살 거야,
라고 생각한 적이 있다.

발레가 좋아,
원고료의 일부를 발레 공연에 쏟아부었던 때가 있었다.
(심지어 미니 슈즈도 사서 차에 걸어둔 적도 있다.
튀튀는 같이 간 친구들이 제발 참으라고 해서 못 샀다.)

유니버설이나 국립 발레단의 공연은 빼놓지 않고 보려 애썼고
공연장에서 문훈숙 유니버설 발레단장을 보고
혼자 소리를 지른 적도 있다.

왜 발레가 좋냐고 물으신다면,
〈백조의 호수〉〈호두까기 인형〉〈지젤〉 등을 연기하는
그들의 몸짓과 음악이 너무 아름답지 않냐,
라는 식으로 말하진 않겠다.

진짜 이유는, 흠… 뭐랄까,
(변태라고 할지도 모르지만) 발레리나들의 곧은 허리와
쭉 뻗은 체형이 예쁘고 부러워서다.

그런 체형을 갖고 싶어,
다시 태어난다면 발레리나로 살고 싶다.
깡말라서 텐셀 티셔츠 한 장만 입어도 '핏'이 좋은 체형,
청바지 하나를 입어도 '엣지' 있는 체형,
그게 부러웠다.
(바지 사면 한 뼘은 기본으로 줄여야 하는 이런 다리 길이 말고!)

그런데 어느 날,
주위에 있는 남자사람에게 이런 얘길 했더니
펄쩍 뛰며 침이 튀도록 이렇게 말했다.

남자사람 여자들은 참 이상해. 왜 그렇게 마르려고 해?
남자들은 마른 여자 안 좋아해.
나 뻥 치시네~
남자사람 진짜야! 여자들이 뭘 위해서 다이어트하는지 모르겠어.
남자들은 건강한 여자를 좋아한다고!

나　진…짜?

진짜일까?
진짜로 깡마른 여자보다
나처럼 배도 좀 있고 옆구리 살도 잡히는
건강한 몸매를 더 좋아하는 걸까?
라고 잠시 꿈에 부풀던 찰나,
그 남자사람이 덧붙였다.

남자사람　물론, 얼굴은 예뻐야지.

이걸 그냥, 확 그냥 막 그냥 여기저기 막 그냥!

조금 전 〈라디오 스타〉에 강수진 씨가 나왔다.
강수진 씨가 그런다.
"삼겹살을 먹어본 적이 없어요."

충격.
나 고기뷔페 가서 기본으로 네 접시는 굽는 여잔데.
아무래도 발레리나로 태어나는 건 다시 생각해봐야겠다.

싱글 우울증

'산후 우울증'이라고 있다.
출산 후 4주에서 6주 사이, 우울한 기분과 심한 불안감,
자기 자신에 대한 가치 없음 또는 죄책감을 경험하는
일종의 질환이다.

나는 아이를 낳지 않았으므로 산후 우울증이 올 리 없지만,
그와 유사한 '싱글 우울증'을 앓았던 적이 있다.

산후 우울증과 증세가 아주 흡사한데,
우울한 기분, 미래에 대한 심한 불안감,
'결혼 안 하고 진짜 이렇게 살아도 되는 걸까?' 하는 생각에
시도 때도 없이 기분이 가라앉는 것이다.

그러던 어느 날,
새로운 작업을 위해 만난 사람들에게 이런 얘길 털어놨는데
놀랍게도 그들이 이구동성으로 말했다.

"어이구, 나도 우울증이에요!"
"나두요!"
"어머, 정말?"

한 명은, 이제 막 일에 재미를 붙이고 있는 젊은 싱글 여성.
또 한 명은, 여우 같은 아내와 토끼 같은 자식을 둔 가정적인 남성.
내 입장에서 보면, 우울할 일 전혀 없을 것 같은 그들이
나처럼 우울증을 앓고 있던 것이다.

그날 우리는,
'나는 이래서 우울해요'라고 시시콜콜 털어놓진 않았지만,
상황이 전혀 다른 사람들이
비슷한 기분을 느끼고, 좌절하고, 속상해한다는 것 자체에
굉장히 위로를 받았다.

그러니까,
젊거나, 나이 들었거나
결혼을 했거나, 안 했거나
남자친구가 있거나, 없거나
잘나가거나, 못 나가거나
예쁘거나, 평범하거나
그 모든 것에 관계없이
누구나 우울함을 안고 사는 것이다.

일에 대한 얘길 끝내고 돌아오는 길,
우리는 약속했다.

"좋은 심리상담 선생님 정보 입수하면 공유해요.
우울증 좀 치료하게."

하긴,
1년 365일 기분 좋게 사는 것,
그것도 병일 것이다.
그러니 가끔 찾아오는 이 '싱글 우울증'도
맘 편히 받아들이고 토닥여줘야지.
남들도 다 그러고 살고 있으니.

토닥토닥.

화장실 뒷담화

솔직한 영화평이 궁금하다면
화장실에 가보라는 이야기가 있다.

영화가 끝난 후 화장실에 가면
영화에 대한 뒷담화로 화장실이 시끌시끌하니 말이다.

"남자배우 연기 드럽게 못하지 않냐?"
"결말이 뭐 이러냐?"
"아까 중간에 빙의되는 장면은 정말 쩔더라."
"여주인공 가방 봤어? 어디 꺼냐?"
"순대국 먹방 대박 아니었냐?"

마찬가지로,
솔직한 결혼식 평이 궁금하다면
예식장 화장실에 가면 된다.

"신랑 키 왜케 작냐?"
"신부 화장 떡칠한 거 봤냐?"
"시어머니 되실 분 인상이 장난 아니더라. 시집살이 좀 하겠어~"

"인간 관계를 어떻게 했길래 친구들 나와 사진 찍으라는데
사람이 그렇게 없냐?"
"신혼집은 강남이라며? 좋겠다~"

그리고 재밌는 건,
회사에서도 비밀 통화를 할 때는 화장실로 가게 된다는 거다.

"여보세요? 그래서 누가 뭐랬다고?"

엉뚱하게 이런 상상을 해본다.
혹시 건물의 정화조를 뜯어보면
수많은 뒷담화들이 가득 차 있지 않을까?

김 피디가 그랬다며? 쫑알쫑알~
이 작가가 저랬다며? 쫑알쫑알~
최 과장이 요랬다며? 쫑알쫑알~

자신에 대한 평가가 궁금하다면
하루쯤 화장실에 숨어 지내보는 건 어떨까?
어쩌면 그곳에서 내 이름 석 자
잘근잘근 씹고 있는 누군가의 얘기를 듣게 될지도.

어
면 마음
날 수
의 다

단순한 게 좋아

요즘 우리나라에서 대세로 떠오르고 있는
대만 밀크티 전문점이 있다.

나 블랙밀크티 한 잔 주세요.
점원 펄, 하시겠어요?
나 네?
점원 펄, 하시겠어요?

음료에 펄을 하겠냐니? 펄은 아이섀도에 넣는 거 아닌가?
보고 있던 후배가 창피했는지,
동그란 버블 알갱이라고 설명해줬다.

나 아, 아뇨.
점원 당도는 어떻게 해드릴까요?
나 네?
점원 당도요. 단 정도. 30%면 괜찮으시겠어요?

30%가 단지, 짠지, 내가 알게 뭐야.
그 정도는 전문가가 알아서 해줘야 하는 거 아닌가?

손님이 그런 것까지 알려주면 여기서 하는 일은 뭐야?

사람들은 각자의 입맛에 맞춰 주문하는
이런 스타일이 좋다고 하는데,
솔직히 난 별로다.
그렇지 않아도 신경 쓸 일 많은데
'뭘 더 얹을까요, 말까요?'
'당도는 30%가 좋으세요, 40%가 좋으세요?'
이런 건 복잡하고 까다로워 싫다.

내 음료는 딱 두 가지만 물어보면 된다.
뜨거운 것, 차가운 것?
진하게, 연하게?

그렇지 않아도 복잡한 세상,
음료라도 단순하게 마시고 싶다.

나만 몰랐던 비밀 2. 위장

10년간 아침에 일어나자마자 진한 커피를 마셨어도
끄떡없던 내 위장이,
하루 종일 굶다가 한번에 2~3인분을 해치워도
왕성하게 소화해내던 내 위장이,
아리고 아프고 답답해져 왔다.

병원에 가봐야겠다고 결심한 지 일주일이 지나
참고 참다가 결국 병원에 갔는데, 위염이란다.

그런데 신기한 것은,
위가 아프다고 말했을 때 우리 가족의 반응이다.
정말 누가 먼저랄 것도 없이 이구동성으로
"내가 그럴 줄 알았어!"를 외쳤다.
불규칙한 식사, 공복에 진한 커피, 폭식, 기름진 인스턴트 음식,
아무리 강철 위라도 수십 년을 어떻게 버텨내냐는 거다.

어? 그러고 보니 그렇네.
다른 사람들은 다 알고 있었는데
나만 몰랐던 내 위장.
주위에서 수십 번씩 조언했지만
무시하고 지나쳤던 나의 위장.
위장에게 왠지 모르게 미안해졌다.

하긴, 어디 위장뿐일까.
옆에서 수십 번씩 말하고 있는데도
무시하고 있는 일들이 꽤 많을 것이다.
그러다 위장처럼 탈나지 싶어,
앞으로는 주위 조언에 귀 기울이리라 다짐해본다.

네, 열심히 들을게요. 고맙습니다.

머리카락 씨

아무래도 우리 집 욕실에
누군가 머리카락 씨를 뿌려놓은 것 같다.
그렇지 않고서야, 어떻게 이렇게 매일
욕실 바닥에 머리카락이 한가득일 수 있지?

가뜩이나 머리숱 없는 나로서는
심히 불안한 일이 아닐 수 없다.

여자 대머리는 없다지만
여성도 정수리 탈모가 증가하는 추세라는데,
말년에 남편도 없는데 머리숱까지 없으면
너무 초라해 보이지 않을까.

생 어
겨 느
요, 늘

그리하여 샴푸를 바꾸기로 결심했다.
유기농 탈모예방 삼푸로.

머리카락은 내 몸에서 나고 자라는 것이지만
그 생사는 내가 어찌할 수가 없다.
어쩌, 인명(人命)과 닮았다.

앞머리에 대한 단상 1

언제부터 앞머리를 내리기 시작했을까.
생각해보니, 이마에 주름이 생기고 나서부터인 것 같다.

지금도 앞머리를 들춰보면
이마에 가로주름 세 개가 보인다.

앞머리를 내린 후 어려보인다는 말 많이 들었는데,
그 안에 주름이 숨겨져 있다는 걸
사람들은 알까?

앞머리로든 화장으로든
이제 정말
가릴수록 예쁜 나이가 되었나 보다. 흑.

생 어
겨 느
요, 늘

앞머리의 길이는 중요하다.
너무 짧으면 맹구 같고
너무 길면 눈을 찔러서
거의 3주에 한 번씩 미용실에 간다.

3천원을 내고 앞머리만 자를 때도 있고
3만원을 내고 앞머리만 매직펌을 할 때도 있다.

매번 앞머리만 자르러 미용실에 가는 게 귀찮아
'앞머리 커트 20초 셀프 완성' 마스크도 사서
집에서 혼자 잘라봤는데, 삐뚤빼뚤 쥐 파먹은 모습 그 자체였다.

미용실에 가니 헤어 디자이너분이 말씀하신다.
"앞머리 자르는 거, 그거 쉬워 보이지만 제일 어려워요.
디자이너 실력이 많이 드러나는 데가 앞머리예요."

결혼이 나에겐 이 앞머리와 같다.
쉬워 보이지만 제일 어려운 것.
셀프로는 안 되는 것.

나이

나도 나이가 들었구나, 생각했다.
TV를 보며 울고 있다.
심지어 〈생활의 달인〉을 보고 울고 있다,
게다가 케이블에서 자주 해주는 '재방송'이다.

나이가 들며 늘어가는 것.

뱃살, 새치 그리고 눈물.

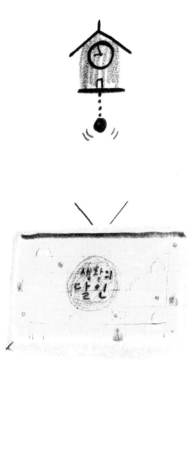

조카와의 대화

열일곱 살 조카와 차 안에서 나눈 대화.

조카 이모, 나 10년 후엔 스물일곱 살이야. 아, 나도 늙었어.
나 야, 이모는 10년 전도 서른 살이야.
조카 아, 이모 미안.

내 조카도 어느덧 열일곱 살이다.
조카가 태어나자마자 황달인가 뭔가를 앓아서
갓난애를 업고 언니와 병원으로 뛰어다니던 게 엊그제 같은데,
조카가 올해 고등학교에 입학했다.
조카는 쑥쑥 자라고 변하고 있는데,
나는 그냥… 제자리.

근데 그 제자리가 꼭 그렇게 나쁘지만은 않다.

최근 어떤 책 제목을 보고
빵 터진 적이 있다.
그 책 제목은,
《고3이 고1에게》

제목만으로도 어떤 책인지 알겠고,
실제로 우리 조카도 샀으며,
부모가 해주는 말보다 선배가 해주는 말이 더 잘 먹힌다는 점에서
좋은 책일 거라 예상하지만,

나이 마흔이 넘은 내가 보기에
'고3이 고1에게'는,
'초딩이 유치원생에게' '일곱 살이 다섯 살에게'처럼
그저 귀엽게만 보인다.

그리고 이런 생각이 들었다.
나이 마흔이라고 인생을 다 산 사람처럼
서른 후배들에게 아는 척하는 나를
쉰 살의 누군가가 보신다면 얼마나 우스울까?

이제 인생에 대한 아는 척은
여든 살쯤 된 후에 해야겠다.
그것도 아흔 살 어르신이 없을 때만.

아빠의 인생관

우리 집은 사기를 당한 적이 있다.

당시 2층으로 된 단독주택에 살았는데
집이 너무 오래돼서 1층 천장이 내려앉기 시작했고,
2층이 무너지는 건 아닐까 불안해하던 차에
리모델링 업자가 찾아와 뒷집에서 리모델링을 하기로 했다며
같이 하면 싸게 해주겠다고 말했다.

당시 집값은 갈수록 떨어지고 있었고
우리 집 역시 1년 전에 내놨지만 팔리지 않았고
때마침 우연한 기회에 리모델링 업자를 만났고,
그래서 집수리를 시작했다.

그런데 며칠이나 지났을까,
리모델링 한다고 집은 다 때려부쉈는데
그 이후로 공사 진척이 없었다.
리모델링 업자는 자재 살 돈이 없어 그렇다며
계속 돈을 요구했고,
우리는 아무 의심 없이 돈을 송금해주었다.

어
느
날,
생
겨
요

그리고 그대로 연락이 끊겼다.

이거 사기구나, 하는 순간
집이 무너지고
억장이 무너졌다.

엄마 아빠는 임시로 지하 셋방에 기거하고 계셨는데
막막하기가 이를 데 없었다.

형부가 나서서 알아본 결과,
그 리모델링 업자는 상습범이었고
업자의 집 주소라고 나온 곳은
웬 야산의 비닐하우스였다.
그놈을 사기죄로 잡아넣어야 한다고
경찰에 신고를 했다.
그러나 돌아온 대답은,
완전한 사기로 보기 애매하다는 것이었다.
왜냐면 집을 부쉈기 때문이란다.
그가 공사한다고 만들어놓은 영수증이 있어
판단이 애매하다고 했다.
그러니까 그는 이를테면,
만원짜리 시멘트를 사다가 10만원이라고 영수 처리한 후에
9만원을 떼어먹는 수법을 쓴 것이다.

경찰서에서 말하길,
억울하시겠지만 형사 소송은 어려울 것 같고
한다면 민사 소송으로 가야 하는데
민사 소송은 기간도 오래 걸리고
이긴다고 해도 현재 그의 명의로 된 재산이 없기 때문에
돈을 받을 수 없을 거라고 했다.

그가 조사를 받기 위해 경찰서에 출두했다.
그 옆에는 아빠가 나란히 앉아 있었다.
나는 들어가지 못하고
그저 멀리 서서 바라보기만 했다.

조사가 다 끝난 후
아빠가 말씀하셨다.

아빠 됐다.
나 뭐가?
아빠 내가 "당신이 어떻게 나한테 이럴 수 있소?" 했더니
작게 한마디 하더라.
나 뭐라고?
아빠 "죄송합니다."
죄송하단 말 들었으니 됐다. 이제 털고 가자.

생 어
겨느
요,닡

그게 뭐가 된 거냐고, 죄송하다면 다냐고
우리 식구 모두가 난리쳤을 때,
아빠만은 조금 평온해 보였다.

우리 아빠 그런 분이다.
법 없이도 살 사람.
돈보다 마음이 중요하다고 믿는 사람.
남을 용서하면 용서한 만큼 돌아온다고 믿는 사람.
죄를 지은 사람에겐 언젠가 그 대가가 돌아간다고 믿는 사람.

한때는 그런 아빠가 답답하다고 느낀 적도 있었지만
지금은 아빠의 인생관을 진심으로 존경한다.
왜냐면, 40년 살아 보니
아빠 말씀이 맞다는 걸 종종 느끼기 때문이다.

그날, 아빠는 덧붙이셨다.

"용서는 나 편하자고 하는 거야.
그 사람이 아니고, 나 편하자고."

주차장 소풍

열어놓은 차창 틈으로
산들산들 바람이 불어오던 날,
고모 생각이 났다.

고모는, 남편과 자식 몇몇을 앞서 보내고도
세상을 긍정적이고 씩씩하게 살던 여자였다.
고령이 되어서도 동네 수영장에 혼자 다닐 만큼,
수영장에서 가장 나이 많은 회원이었을 만큼,
혼자 발장구만 치고 와도 수영이 재밌다고 할 만큼,
멋진 노인이었다.

그런 고모가 이제 혼자서는 외출이 힘들 만큼 기력이 쇠하였을 때,
고모의 막내딸인 사촌언니는
방 안에만 누워 답답하실 고모를 어디든 모시고 다니려 애썼다.

그러던 어느 날,
사촌언니와 내가 같이 조문 가야 할 일이 생겼는데,
그때 언니는 고모에게 말했었다.

"엄마, 장례식장 가는데 같이 갈래? 엄마는 차 안에 있으면 되잖아."

"뭘 그런 데를 따라가겠니? 다녀와라" 하실 줄 알았던 고모는,
"그래, 가자" 하며 언니와 나를 따라나섰고,
우리는 그렇게 장례식장으로 향했다.

병원 장례식장 주차장에 차를 세우고 화단 턱에 돗자리를 깔았다.

"엄마, 차 안은 답답하니까 여기 앉아 있어.
금방 봉투만 내고 나올게."
사촌언니 말에,

"그래, 내 걱정 말고 천천히 앉아 있다 와라" 하며
고모는 행복한 웃음을 짓고 계셨다.

조문을 마치고 나왔을 때,
밤하늘의 별을 보고 있는 고모가 보였다.
언니와 나는 잠시 고모 곁에 앉았다.

그리고 장례식장에서 들고 나온 캔커피를 땄다.
그렇게 우린 커피를 마시며
병원 주차장 화단에서의 소풍을 즐겼다.
한 시간이 넘도록 깔깔깔 수다를 떨었고,
산들산들 바람도 마음껏 느꼈다.
병원 주차장에서 느끼는 바람이 좋으면 얼마나 좋았겠냐마는
이상하게도 그날의 바람 기억이, 오래도록 마음에 남아 있다.

그 일이 있은 후, 얼마나 지났을까.

고모는 바람처럼 하늘로 가서 별이 되었다.

그래서일까,
바람이 불면 고모 생각이 난다.

설 연휴, 사촌언니가
춘천 부모님 집에 간다는 나에게
문자를 보내왔다.

'효도할 수 있을 때 많이 하렴.'

또 한 번, 고모 생각이 났다.

어 마
떤 음
날 수
의 다

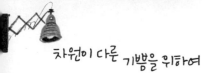

차원이 다른 기쁨을 위하여

모든 것이 허무하게 느껴지는 날들이 있었다.

더 이상 〈개그 콘서트〉가 재미있지 않았고,
가슴을 설레게 하는 드라마도 없었고,
그렇게 좋아하던 쇼핑도 흥미롭지 않았고,
일에도 재미를 느낄 수 없었던 나날들.

웃기도 하고,
많이 먹기도 하고,
수다도 떨지만,
그다지 의미 없이 느껴지던 나날들.

원인이 뭘까 궁금해서
나보다 10년쯤 위인,
역시나 나처럼 혼자 살고 있는 지인에게 물었다.

나 언니, 이유가 뭘까?
그녀 음, 사람은 어느 나이가 넘어서면, 받거나 모으는 데는
더 이상 기쁨을 느끼지 못하는 거 같아.

나 그럼 언제 기쁨을 느껴?

그녀 나눌 때 느끼는 거지.
결혼한 여자들은 자식이나 남편에게 자신을 나눠주지만
우린 그런 게 없잖아.

나 그럼 어떡하지?
허한 마음 달래자고 아무하고나 결혼을 할 순 없잖아.

복잡한 내 마음을 읽었는지 지인이 말했다.

그녀 그래서 봉사가 필요한 것 같아.
넌 어떤 봉사를 하고 싶니?

예전부터 진지하게 생각해봤던 일이 있다.
형편이 어려워 글짓기 학원에 다닐 수 없는 아이들에게
글쓰기를 가르치는 것이다.
이걸 재능이라고 하면 건방지고 과장된 것이겠지만,
그래도 글 쓰는 재능이 있으니 아이들과 나누고 싶었다.

내 얘기를 들은 지인은
그럼 주위에 원하는 아이들이 있는지 알아봐주겠다고 했고,
요즘 기다리는 중이다.

철저히 개인주의로 살아온 내가
감히 누구에게 베푸는 것이 가능할까 걱정도 되지만,
이제는 나눠야 될 때가 온 것 같다.
그 나눔이 나에게 더 큰 행복을 주리니.

어 마
편 음
날 수
의 다

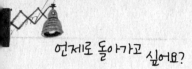

누군가 물었다.

그녀 언제로 돌아가고 싶어요? 학창 시절?
나 돌아가고 싶지 않은데요. 지금이 좋아요.

겉멋이 아니라
자존심 세우는 게 아니라
정말로 지.금.이. 좋.다.

가끔은,
서른 살로 다시 돌아가면 그땐 어떻게든 결혼을 하지 않았을까,
학창 시절로 다시 돌아가면 공부 죽어라 해서
명문대에 입학하지 않았을까 싶기도 하지만,
그렇다고 서른 살로, 학창 시절로 돌아가고 싶진 않다.

왜냐면,
그렇게 결혼하고 명문대를 나오면 엄청 행복할 것 같지만
결국 그 안에서도 나름의 상처와 어려움과 고비가 있을 거란 걸
어렴풋이 알게 됐기 때문이다.

그런데 문제는,
"지금이 좋아요"라고 말하면
"남편도 없고 애도 없는데, 좋긴 뭐가 좋아. 철이 없네"라고
혀를 차는 사람들이 있다는 것이다.

그래서, 언제로 돌아가고 싶냐고 물은 그분께,
사람들이 한심해 한다고 했더니
그녀, 나에게 한마디 했다.

"그런 말 신경 써요? 남들 얘기가 무슨 상관이야.
남의 인생에 이러쿵저러쿵 말하는 사람들은
자기들이 불행해서 그러는 거예요.
진짜 행복한 사람은 남의 인생에
감 놔라 대추 놔라 할 시간이 없어요."

그 얘길 들은 후부터,
누군가 "결혼 못해서 어떡해요?
아무하고나 그냥 해요. 고르지 말고" 등등
걱정인 듯 비난인 듯 조롱 같은 말을 하면,
"네, 그럼 시간 날 때 한번 해볼게요" 하며 농담으로 넘긴다.
그리고는 속으로 생각한다.
'결혼 안 해도 꽤 좋은데, 이미 결혼 해버려서 고건 몰랐죠? 메롱~'

생애전환기

만으로 마흔 살이 되면
나라에서 건강검진을 시켜준다.
이름하야 '생애전환기 검진'.

아마도 의학적으로, 마흔이 되면
호르몬을 비롯해 많은 것이 전환되는 모양이다.

그런데 이게 정말 귀신 같은 게,
올해 만으로 마흔 살이 되고부터 기력이 급격하게 쇠해졌다.
아픈 데도 많이 생기고,
조금만 못 자도 얼굴에 바로 피곤한 티가 나는 것이다.

나이는 못 속인다는 옛말이 정말 딱 맞다.

394

호로몬도 전환기를 맞고 있는 이 시점에
내 인생은 어떻게 전환시켜야 할까?

결혼한 사람들은 결혼으로 생애전환기를 맞고
유학 간 사람들은 유학 생활로 생애전환기를 맞고
이직한 사람들은 새로운 분야에서 전환기를 맞고
그렇게 생애 1회 이상은 전환기가 찾아오는 모양인데,

40년째 결혼도 안 하고
유학 한 번 간 적 없고
16년째 같은 직업을 가지고 있는 나는,
무엇으로 인생을 전환할 수 있을까?

올해는,
무엇으로 내 인생의 전환점을 만들 것인지
깊이 생각해봐야겠다.

나는 생애 전환기가 필요한 (만으로) 마흔 살이므로.

"고마워요, 사랑해요."

우리 딸 글 쓰다가 머리털 다 빠지면 어떡하냐고 걱정하신 아빠, 엄마,

다행히 다 빠지기 전에 완성했어요. 고맙습니다. 저도 사랑해요.

도대체 그 책 언제 나오냐고 이틀에 한 번꼴로 물어본 언니, 형부, 주희, 주환,

때가 되면 나온다 했잖아. 늘 고마워.

끝으로, 딸처럼 살뜰히 챙겨주시는 주희 할머니께도

이 책을 빌려 감사를 전합니다. 고맙습니다.